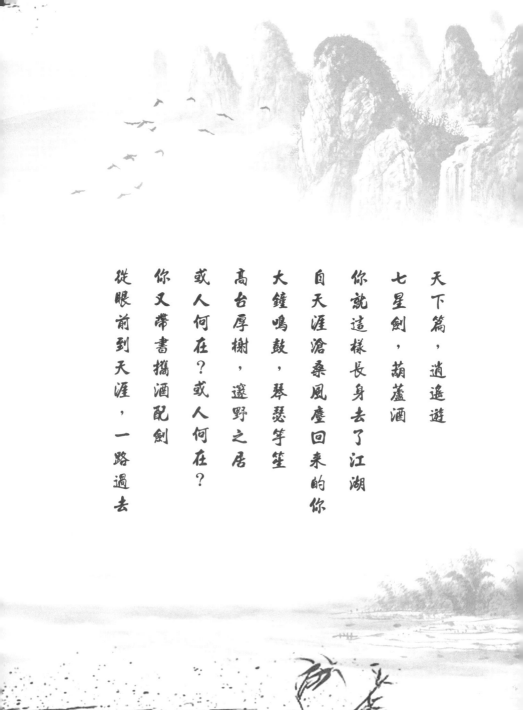

天下篇，逍遙遊
七星劍，葫蘆酒
你就這樣長身去了江湖
自天涯滄桑風塵回來的你
大鐘鳴鼓，琴瑟竽笙
高台厚榭，邃野之居
或人何在？或人何在？
你又帶書攜酒配劍
從眼前到天涯，一路過去

落花也有温柔的遠志
像人走向水涯
而裘褐為衣，棺桐三寸
張目奸逼切如大火逼你躍牆
身臨绝澗如閉目飛躍
而這一躍往何處去呢
流水也有悲壯的柔情

——摘自温瑞安《山河錄》之華年

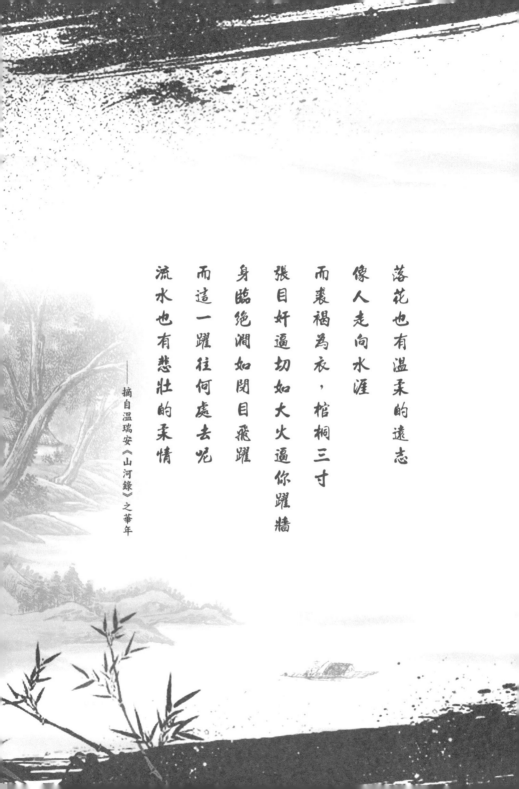

武俠經典新版
神州奇俠
溫瑞安 著
卷五
闖蕩江湖

性情中人

《闖蕩江湖》自序

如果比照七十年代時期台灣的「長河版」、「神州版」、香港的「武林版」，以及八十年代香港的「明遠版」、九十年代北京的「中國友誼版」、廣州「花城版」，還有台灣「萬盛版」的《闖蕩江湖》，以及「敦煌版」和台灣「花田版」，就會發現這幾個版本愈出愈好，而且內容也得有些不同。

《闖蕩江湖》一書共分四章十六回，其中第一章完成時我曾按照我寫作的慣例留下按語：「稿於已未年除夕」，第二章則是：「稿於庚申年風波中的元宵」，第三章是：「稿於八〇年三月五日，全力補救、尋索、掙扎中」，第四章是「稿於民國六十九年三月九日，『人亡我，非戰之罪』臻峰之日」，這些附註在新版出書時，已作了些改動。

「已未年」就是七九年，「庚申年」便是八〇年，「民國六十九年」亦即八〇

溫瑞安

年，把上述時間排列在一起，細心的讀者便會發現當時何其倔強堅定的我，如何在那三個月之內，遍嚐「兵敗如山倒」，被自己親如手足的友朋冤屈及背棄的滋味。在萬盛版的序文，寫於八〇年三月八日「決意復甦之夜」，自有一段驚心動魄的掙扎過程，當時我被最親愛看重的社員和弟妹打擊得何等沉重！曾一度消沉，痛不欲生，要不是娥真、鐵錚等弟妹勸勉我，連當日堅忍如我者也無法恢復，真有點鬥志全消，只是剛強的我不想讓親痛仇快者知悉罷了。

豈料經過長期的「養傷」後，三月八日才振作起來，「決意復甦之夜」，便因而記下，第二天的「三月九日，『人亡我，非戰之罪』臻峰之日」便發生了。一天之差，變動如此，可見箇中劇烈。我的最後一組殘兵和信重的朋友，等我剛從洶湧波濤中抱住浮木之際，更丟下了粉身碎骨的炸藥。那段日子對人性的失望、對朋友的絕情，簡直心如槁灰。我只是不認命、不服輸，相信我的朋友們只是霎時衝動，一時誤會，彼此情義尙在，我一定要維持下去，上天定不負苦心人。於是，我在尙剩下來的數位摯友共同努力下，迅速地又撐起了一方局面。後來書陸續出版，新秀人手，不住湧現，殘局成了新氣象，記憶力好的讀者想必不會忘記，那其實是咬著牙、忍著痛讓傷口淌血下苦撐的。

也不知道我的朋友們（曾是兄弟）爲何這般忍心，前述的慘情，原來不過像一本書中的「序」。剛喘得一口氣，劫後餘生的小小局面，便因他們一念之間的誣陷而沒頂。那才是剛剛開始。這之後，數年來，粉碎了詩社，破壞了一切，連半句解釋，也沒有機會，連半個子弟也不留給我，就連半點財物，也零星落索。而且他們還站在自以爲正義的一方，我在天之涯、海之角，還要時常受批評清算。

我生氣嗎？我生氣過。

我恨嗎？我恨過。

當我和小方流落天涯，孤苦無依的時候，我也埋怨過天道不公，世間公理何在？

可是我現在還生氣嗎？恨嗎？

不。

沒有這一場惡夢，溫瑞安只是一把沒有煉過的劍。無論前面再大的埋伏與否定，我只有溫情與肯定。因爲我是我，我不會因打擊而對人性失去信念。

雖然在寫《闖蕩江湖》時，我一度「幾乎」失去過。不要怪責這本書裏的語言文字忽然轉得拮倔聱牙，艱僻生澀，那是因爲我在一段長期悲屈無明的歲月中撰寫的。那時候，剛剛寫到「君臨天下」李沈舟出現，跟眼前的現實情景，形成何其諷刺對比，但我還是寫下去，因爲我不能像很多人一般一走了之，我要向讀者朋友交代。任何人在那種情形之下，都會感覺到自由封塞，找不到出路，更何況是喜怒均形於色不肯虛僞做人當時的我。所以，在語言文字上，只好「殺出重圍」。所以筆下不惜「劍走偏鋒」。

要是再給我重寫一次，有很多情節，我不一定會這樣寫。至少，我從來沒有陷害過我的兄弟朋友，而且也從來沒有真正對陷害過我的兄弟朋友作過報復。我何必要這樣寫？讓天下的人誤解我，讓疼惜我的人爲我書耽心？原來當時心裏所受到的委屈，要在書中的劍氣宣洩，原來我只是一個不夠深沈奸詐的性情中人，在人世間的風波險惡中，成爲一個眾矢之的被傷害斬除的對象。

這簡直是對「神州奇俠」全書所持信念的一大諷刺。

稿於一九八四年六月十一日

星洲聯合晚報正連載「逆水寒」重

校於九三年七月四至八日

介紹方看「鐵板神數」；梁何取得

命書：重SH；邀成金咭會員，方

何梁開始與陳永成洽商我書版權，

「活水」收入我詩作；緊急調度後

備款，迷首在金屋看LD：CHOST；決定全力支持方來港發展，奮鬥到底，全不要求任何回報，能首次可看完一部戲

修訂於一九九八年七月十七日

與靜赴港後第一次返卜卜齋第一夜／康能趕來敘于麗莎／因「樂此間」霉味，與「仔仔」第二次入住海灣／為「不戒齋」電話事煩，何火星鬧事，竹家莊「四大名捕」與方聚餐／小飛過海回港出入平安／返金屋梁見超仔傳真，有心，但端倪百出，又惹事矣，搞笑！以為用白制靜，痴愚！／回家見「英雄」、「破陣」、「大對決」等已運到，喜如見故人

神州奇俠 正傳卷五

闖蕩江湖

目錄

第一章　君臨天下

壹　心刀與手刀

「到金頂去。」蕭秋水說。

「去做什麼？」蕭開雁問。

蕭秋水良久沒有答。

「如果我告訴你，」他終於說：「你能不能不生氣？」

蕭開雁沈實地頷首。

「我答應了劍王臨死前的要求，把無極先丹送到李沈舟手裡；」蕭秋水簡單、扼要地說：

「而今李沈舟正在峨嵋金頂之上。」

李沈舟是毀掉浣花劍派的元兇，也是武林白道人物之首敵，更是族仇家恨的匪魁；——而今蕭秋水卻答應了一個毀滅蕭家的首腦之要求，給李沈舟送上武林人士夢寐以求的瑰寶：無極先丹！

蕭開雁沒有直接回答。

他平實懇切的臉，橫著濃眉，在遙望山谷遠方，遠方的山谷。

遠方有雲、有天光。

「峨嵋的雲，真不同凡響。」他忽然冒出了這一句話來，蕭秋水舉目望去，高處不勝寒。

「從前武林中有對兄弟，姓姜，人人都知道姜氏兄弟一聯手，天下難敵手。又說姜氏兄弟兩人一心，如同一人：姜任庭是老大，運籌帷幄；姜瑞平是老么，決勝千里。」

蕭秋水望定他的二哥，他不明白蕭開雁為什麼要在此時此地，說起這些。

「可惜後來姜二成名了，名氣幾乎要比姜大還大。他漸漸脫穎而出，做事不在他老大的影子之下了，自創了一套方法，而且揚名關外，很多姜大以前的舊部，都跟了他，於是，兩人終於相互猜忌起來……」

蕭開雁平靜地說下去：

「終於他倆為了彼此的自尊、權威、人手、利益，而引起爭端。姜二年少氣盛，聲名鵲起，姜大身邊的高手，轉成了姜二手下的紅人，姜大心想：你既吃碗面翻碗底，我索性要你好看，究竟薑還是老的辣……爲了證實這點，他顛覆姜二身邊的親信，並且遣人在姜二的組織裡臥底，離間、挑撥、狙擊，無所不用其極；他弟弟開始姑念其栽培之恩，一再忍讓，但不甘被對方小覷，又怕退無容身之所，故挺身而戰，所用手段之辣，亦不在乃兄之下……」

「如此；」蕭開雁很快地結束了這個故事，「兩兄弟拚鬥不已，實力大損，姜二屢次要求復合，姜大礙於顏面拒絕，待姜大有意撮合時，姜二羽毛已豐，無意回頭了……所以當權力幫崛起時，這兩兄弟，便給逐個擊破、個別消滅了。」

「每個人有每個人做事的一套方法；」蕭開雁凝視他弟弟，說出了他的結論：「只要你信任他，便由他做去。」他殷實黝黑的方臉堅毅無比：「你要送交東西給李沈舟，便去罷。」

「我信任你。」

蕭秋水看著他這個沈實甚至太老實了的哥哥，眼中不禁已有了崇敬之色，他補充說：

「那無極先丹，其實是假的，而且有毒。」

蕭開雁「噫」了一聲，沈吟了一下，終於道：

「我告訴你這個故事，倒不是指我們兩個，而是大哥和你的性格，磨擦較易，從辦『十年會』一事上，便可看出；」他接著又說：

「他在點蒼之敗，引為畢生之憾，現處於失意期間，此刻不宜再刺激他。」

蕭秋水急詢：「大哥有消息了？」

「沒有。」蕭開雁望向山谷間的雲霧，老實的臉上呈現了耽憂的神色：

「不過我知道他一定還活著。」

「我了解；」蕭秋水答。他現在才正式感覺到這平時木訥的二哥，並不像一般人想像中那麼魯鈍，——這就是大智若愚麼？「如果我見著大哥，盡可能會讓著點。二哥不用耽心。」

「那我就放心了；」蕭開雁道，他每一個字每一句話都是那般有力：

「從前的權力幫，為了滅『姜氏兄弟』一脈，折損了創幫立道的錢六和麥四兩大高手；」蕭開雁歎了一聲又道：

「要是『姜氏兄弟』不分開，當時權力幫傾全力也未必是他們的對手，也不會有今天權力幫坐大的局面了。」

「我懂；」蕭秋水連聲低應：「我懂得。」

蕭開雁平實的臉誠實地開心了起來：

「你懂得就好。」

「我們上金頂去罷！」

「我們？」

「對。我們，一齊！」

峨嵋山以萬佛頂爲最高，次爲金頂，再爲千佛頂，但以景色幽境佳絕，仍以金頂稱最。

在峨嵋，東可望二峨、三峨兩山，南可眺臯湖諸名山，西見曬經山，北瞻瓦屋山，真是「會當凌絕頂，一覽眾山小。」

他們兩人才走到天門石附近，便發現這兩座灰黑色丈高的巨石上，坐了一個人。

一個溫文的青衫少年。

乍見有些兒像柳隨風，然而又不是。

下面的路狹窄，一下小心，就摔落萬丈深崖。

蕭秋水、蕭開雁同時都想起，近日來盛傳的「戰獅」古下巴之死；死前有一個溫文的青衫少年跟蹤，然後戰獅等一眾高手，都分別身首異處或被嚇死等，無一能活著下山。

莫非這青衫少年便是……？

那青衫少年向他們笑了。

「你們要上金頂?」

蕭秋水反問:「你是誰?」

那青衫少年還未答話,山坳處又出現了人蹤,青衫少年飄身在一簇一簇迎風吹送的茅花之間,輕笑道:

「奇怪,今天訪客怎麼特別多?」

蕭秋水笑了,笑容裡有說不出的譏誚:「哦,訪客?」他說:

「峨嵋山是你買下來的嗎?」

青衫少年好像沒看見也沒聽出來他的諷刺似的,道:「便是我買下來的。」

蕭秋水倒吃了一驚:「你真的買了整座山下來?」

青衫少年笑了:「天下之地,莫非皇土;權力幫君臨天下,這小小一座山,區區的一峰金頂,當然是我們的。」

蕭秋水瞳孔收縮,戒備地道:「你是……」

青衫少年抿嘴一笑:「李大幫主座下一名小卒而已……」

話未說完,來人已欺近天門石,一現身,就分東、南、西、北四個方向,對青衫客展開包圍。

原來這四人不是別人，正是朱大天王屬下：「三英四棍、五劍六掌、雙神君」中的「五劍」之四（「蝴蝶劍叟」已為劍王屈寒山所殺——見神州奇俠故事之《英雄好漢》）：斷門劍叟、騰雷劍叟、閃電劍叟、鴛鴦劍叟等四人。

這四人武功高強，原與蕭秋水相熟，曾先後在丹霞嶺上、峨嵋山下與蕭秋水照會過；蕭秋水還曾拯救過其中的騰雷劍叟，所以相交不惡。

只見這四人如臨大敵，青年卻洒然無懼，蕭秋水大奇，惑然問：「他是……？」

青衫客卻洒然一揮手，大石之後，立即有十八個眉清目秀的青衣童子走出來。十八個稚童出來後，又出來十八個幼童，每個束髻沖辮的童子手上，都拿著個長方形的沈甸甸的匣子。

青衫客笑道：「開！」三十六個匣子一齊打開，一時寒光亂影，映眼耀目，原來三十六個匣子裡，有三十六柄不同形狀的刀。

青衫客笑向蕭秋水說：「你剛才問我是誰，現在你總該知道了罷？」

蕭秋水嗄聲道：「刀王？」

青衫客一笑，隨手拎起一把刀，眾人離青衫客雖遠，但青衫客手一執刀，刀一橫胸，眾人只覺胸臆為之一塞，寒意越距侵入。青衫客道：

「這是冰魄寒光刀，原藏於極北之處，深入地底，近年來被該愛極思劍魔人所掘發，現在落入我手中，用此刀者，每一刀劈出，俱是冰之魂、雪之魄、霜之靈、寒之膽，——這是一柄難得的奇刀。」

忽然一閃身，冰魄寒光刀已擺回匣子裡，他左手又自另一童子匣中抄起另一柄刀，這刀平平無奇，但一拿在手中，刀身立即發出大漠風沙一般的嘶鳴以及隱漾紅光，青衫客道：

「這是寶刀，名叫班超。」

漢時班超與手下三十六劍客，揚威異域，喋血萬里，縱橫大漠，功高日月，這把刀名叫「班超」，足可見其威，青衫客笑笑又道：

「這刀就是昔年班超所用，三十六劍客用的是劍。他們的頭領使的卻是刀，好刀，快刀！」他隨手一指再指，道：「那刀是『割鹿刀』，秦時逐鹿中原，始皇帝令一代煉劍大師廉大師所鑴，逐鹿中原，割而分之，便是這把刀；」青衫客頓了頓又說：

「那是趙武靈王胡服騎射，富國強兵，師胡之長以制胡的貼身利刃，『名叫『殺胡刀』，這刀一旦露鋒，殺勢第一；』青衫客笑笑又道：

「有些刀，單止一柄不為刀，要兩柄合在一起，才算是刀，有的更要七、八柄，甚至十幾把，加在一起，才為飛刀，你看！」說著又拍了拍手。

石門之後，又走出三十六名童子，他們手上也有匣子，但盒子較為寬大，打開來盡是亮光閃閃的刀刃，青衫客隨便指了指，點了點：

「哪，哪，哪——那是鴛鴦刀，兩柄合為一把，要兩柄齊施，才見功力；那兒的是『七級浮屠刀』，要七七四十九柄一齊發出去，鬼哭神號，方能見效……」青衫客一口氣說到這裡，吁了一口氣，舒了舒身子，有說不出的倦意與瀟灑，道：

「不錯，我便是刀王。」

他笑笑又道：「我告訴你們六個人這些，是要你們各自選擇一把屬於你們自己的刀——我就用那把刀殺死你們，這便是我對你們最高的尊敬。」

他說「殺人」的時候，眼神充滿了虔敬，彷彿能死在他刀下的，是一件很光榮而莊嚴的事。

「我只誠於刀，我是刀王。」

斷門劍叟「霹靂」一聲，怒喝道：「什麼刀王？劍王尚且死於我們劍下，你裝腔作勢，到頭來也免不了一死！」

刀王臉色陡變，澀聲道：「劍王死了!?」

騰雷劍叟傲然道：「朱大天王的人要殺你們，還有倖免的不成!?」

鴛鴦劍叟冷笑道：「兆秋息，你還是隨屈寒山的冤魂去罷！」

兆秋息，就是權力幫「八大天王」中「刀王」的原名——「刀王」兆秋息、「水王」鞠秀山、「人王」，都是李沈舟身邊的愛將，也是權力幫中的重將。

——而「刀王」兆秋息和「劍王」屈寒山的感情又極深，「刀劍不分家」，在權力幫來說，是兩扇門神；在李沈舟來說，也如同左右雙手。

而今屈寒山卻死了。

近日來權力幫在波詭風雲的江湖變化中，犧牲已然極大，兆秋息心裡是難過的：——偌強鼎盛的一個權力幫，是靠了多少努力，仗賴了多少人才，經營了多少次險死還生的血戰，方才有了今天的局面，近日卻屢失人手，損兵折將……

——而今居然連「劍王」都死了！

閃電劍叟見兆秋息呼吸急遽，他的眼睛亮了。

高手對敵，愈是憤怒，愈容易導致疏忽，只要有大意，便有機可襲。

閃電劍叟道：「不但劍王，你們的火王，便死在峨嵋山下，鬼王，死在錦江之中，藥王，也被斬殺在浣花溪畔……你們『八大天王』，早已死得七零八落了，啊，哈哈，哈——」

蕭開雁忽然冷冷地加了一句：「一雙蛇王，也死在伏虎寺中。」他加上這一句，是因爲他也看出一個人在盛怒與悲慟中，連語音說話難免都會尖銳起來，武功必然打了個折扣——在這種情形下出手，很容易有機可趁。

蕭開雁雖然老實，但並不古板，權力幫是他們共同的敵人，他自然樂得與朱大天王的人共同殲滅當前勁敵再說。

蕭開雁的話，連同「四劍叟」的話說了下去，「刀王」全身就開始發抖：他不是怕，不是畏懼，而是悲憤。他武功高，但年紀輕。他還嫩。還很容易、很容易就激動。

他突然抄起了一把刀。

一把黝黑的刀。沒有絲毫光彩的刀。

四劍叟與蕭開雁諸人正在等著他出手。

一待出手，就全力還擊。

兆秋息出刀。

刀劈天門石。

「轟隆」一聲，丈高的天門石，分裂爲二。

石破天驚，兆秋息迴刀橫胸，大笑三聲，滿目是淚，但激動已平息。

他的傷悲與憤懣，已隨著那一刀，劈進了山石之中。

他又回復了洒然。

一個刀法大家的睥睨群雄。

他屏息看自己的刀，幾綹烏髮掉下來，與天地氣息同度。

然後他又說話了：

「這刀叫『霹靂』，開天地，闢日月，中刀者，人焦裂……你們還是先選一柄能有全屍的刀罷。」

閃電劍叟這次倒是首先按捺不住，大喝一聲，一劍刺出！

劍迅若電！

喝聲未聞，劍已刺到！

這劍快比聲音還快。

但就在這時，一點刀光，一明即滅。

刀光只一點而已。

可是劍未刺到，已從中被劈成兩半。

劍裂爲二，劍勁全失，這一刀，正好擊碎了劍的精氣神。

閃電劍叟的劍，便成了無用之劍。

兆秋息道：「這才是『閃電刀』。」他手上有一柄刀，其薄如紙，乍然竟看不出手上有拿著東西。

這時又有兩道劍光一閃。

兩道劍光同時發自一人。

鴛鴦劍叟的「鴛鴦劍」。

兆秋息驀然返身，返身時手中已多了兩把刀。

然後鴛鴦就成了四把。

——兩柄劍被斬成了四段！

「刀王」兆秋息說：「這是『斬劍刀』。」

其餘「騰雷劍叟」、「斷門劍叟」等紛紛怒吼，撲了上去。

兆秋息臉帶微笑，以一敵四，瞬眼間已換了七柄刀。

他換到第七把刀時，四劍叟手中已無一柄劍是完整的了。

就在這時，忽然又加了兩柄劍。

一柄其黑如墨，一柄白如潔玉的鐵劍。

蕭開雁的雙劍。

雙劍架住兆秋息的刀勢。

兆秋息不再微笑；他又換了四把刀。

換到第五把刀時，蕭開雁手上雙劍只有招架之能。

四劍叟和蕭開雁，總共五個人，但只有兩柄劍。

就在這時，兆秋息忽聞一個人說：

「真正好刀，不是換來換去的這些，而是只有一把，上天入地，碧落紅塵，只有一把。」

「心裡的刀好，手中的刀才利。」

兆秋息大喝一聲，又把蕭開雁另一柄劍剁斷，返過頭來，只見山氣淡淡，一個人長身說話，氣態上竟似幫主，他吃了一驚，定睛再望，才知道是一個劍氣一般的少年，怒道：

「你也懂刀？」

蕭秋水說：「梁大哥曾指點過。」

兆秋息佛然道：「誰是梁……」

蕭秋水答：「『氣吞丹霞』梁斗梁大俠。」

兆秋息恍然道：「哦，是他──」

蕭秋水道：「他算不算得上是刀法大家？」

兆秋息道：「當然算得上。但他的刀，只有一刀，我的刀是千千萬萬的，每柄刀，都有它的性格，你會用千萬把刀，就要熟習每柄刀的性格，使出來才集各刀之精，眾刀之銳，方才是一流刀客。」

蕭秋水反問：「你熟稔了千千萬萬把刀的特性，但你自己的特性呢？」

兆秋息一愕。蕭秋水又道：

「要是沒有你自己的性格，你的刀又如何通靈？刀無靈性，不過是凡鐵而已、縱是寶刀又何用？」蕭秋水雙目如刀，盯住他說：

「你身爲刀中之王，但人卻爲刀馭，然而真正屬於你的刀呢？究竟是你用刀，還是刀用你？劍王尙且有掌劍，掌劍即心劍，劍由心生，傳入掌中，你呢？」

兆秋息怒道：「我當然有！」他揚掌道，「我有『手刀』！」

蕭秋水冷笑道：「我是浣花劍派蕭秋水，也學過濛江劍法，梁大哥也傳授了一些刀法給我，他出手一刀，卻是刀中精華，招中神髓，這一刀，才是勢無可匹的刀，屬於自己的刀，『心刀』！」

兆秋息額上大汗涔涔下，他自幼浸淫刀法，不信有人能在刀法上勝過他，但蕭秋水又說得如此有聲有色，條理分明，不由得他不信，不由得他不驚，當下喝道：

「光說無用！使出你的『心刀』來！」

蕭秋水緩緩舉起了手，五指迸伸，宛若刀鋒，冷冷地道：「我要使出『心刀』了。」

兆秋息見蕭秋水如此凝重，也不敢大意，暗蓄內力，右手淡金一片，冷笑道：

「你放心，我的『手刀』必定剁在你心口上！」

貳　權力幫主

蕭秋水的手，緩緩地平伸出去。蕭開雁等莫名其妙，但見蕭秋水煞有其事，便屏息以待。

兆秋息像盯著一條毒蛇一般，盯住蕭秋水的手掌。

「心刀」在刀學中，確比「手刀」還要高，兆秋息是聽說過，但從未碰到過，他也知道梁斗的刀法相當高強，心裡絲毫不敢大意。

然後蕭秋水那看似平凡無奇的手忽然加快，戳入。

兆秋息心想才不上當，若輕易接下，定必中了對方伏下極厲害的殺著，所以運盡「手刀」之刀，一刀砍出，以硬拚硬，要把蕭秋水齊腕斬斷，同時也封死了蕭秋水所有的變化。

誰知蕭秋水沒有變化。

他那一招，師出無名，根本不能變化。

蕭秋水運用的是不變化的變化。

他的手和兆秋息的手無可更改地觸碰在一起。

兆秋息要一招斬斷他的「心刀」，故此用了全力。手的刀鋒，如飛切去。

蕭秋水的手如磁場。

沒有刀氣，但佈滿內力。

兆秋息一刀切下去，碰到的不是刀，而是渾密的內力。

那內力沒有與刀鋒發生碰擊，反而吸收了對方的刀氣，剎那間，宏厚無匹的內力，摧毀了「手刀」的銳勁。

兆秋息臉色變了。

他的手已收不回來了。他嗄聲喝：

「這不是『心刀』——！」

蕭秋水說：「真正的刀，又何必一定是刀!?」

蕭秋水憑犀利的內力，化解了兆秋息的「手刀」，他不是以刀勝，而是以力勝。如沒有力，又如何發刀；真正的刀，也許只是力之巧妙銳利的運用而已；而真正的力，則是氣的運聚發放。

——蕭秋水有氣。正氣。

他吸住了兆秋息的「手刀」。他的武功，遠遜於「刀王」；但他的內功，卻遠勝於兆秋息。

兆秋息的內息被蕭秋水的巨力所激散，再無法凝聚，所有刀學、刀法、刀藝、刀技方法，都用不出來。

他掙扎了一會，終於完全不動，臉慘白一片，雙目如刀刃，冷冷地盯住蕭秋水，一字一句地道：

「蕭秋水果然名不虛傳！」

蕭秋水淡然一笑，道：「想請教你幾個問題。」

兆秋息雙目冷冷地瞅著他：「說罷。」

蕭秋水道：「我是跟一行人一齊上山的，但昨天他們都失蹤了，跟貴幫有沒有關係？」

兆秋息瞪著他，反問：「是些什麼人？」

蕭秋水道：「大俠梁斗、南海鄧玉平、東刀西劍等，昨晚全在伏虎寺失蹤。」

兆秋息冷笑：「是我們的人幹的。」

蕭秋水內力頓盛，一摧之下，兆秋息大汗涔涔而下，厲聲問：「你把他們怎麼了？」

兆秋息咬緊牙齦，卻是連哼都不多哼一聲：「我不知道。」

蕭秋水知他也是一條好漢，遂減了力道，問道：「他們都是我生死之交，情急之下，剛才誤傷兄台……請兄台指示明路。」

兆秋息冷哼一聲，道：「他們不是我捉的，我也不知道他們在哪裡。」

蕭秋水念及火王、鬼王等捨身救柳五的義勇，屈寒山拚死爲主盡忠之舉，雖有蛇王這等見利忘義之輩，但對權力幫而言，「八大天王」大多是號角色，也是人物，蕭秋水生性本就並非對善、惡截然分明，只知道是對的，千山萬水，赴湯蹈火也勢在必行，心裡對李沈舟手下「八大天王」，其實也有幾分敬意。

兆秋息道：「我知道抓他們的人是誰，可是我不會告訴你的。」

斷門劍叟在一旁瞧得不慣，一個肘靜頂了出去，「砰」地撞在兆秋息心口上，兆秋息一隻手還是給蕭秋水制住，無法閃躲，中肘後便血和穢物齊吐，吐得臉肌抽搐。

蕭秋水阻止道：「不可……」

騰雷劍叟冷哂道：「有何不可，這種人，不打不識相！」

說著飛起一腳，踹在兆秋息的肚裡，兆秋息皺著眉、淌著黃豆般大的汗珠，吐得連黃膽水都咯了出來。

蕭秋水喝道：「他也是一條好漢，用刑是萬萬不行的……」

閃電劍叟猛欺上，以劍鍔「噠」地撞在兆秋息的小腹上，哈哈笑道：

「你小子心軟，迫供不成，讓老夫來罷！」

兆秋息全身痛得發抖，嘔的已是膿血，但始終未發一聲。

鴛鴦劍叟躍近又想拷打，蕭秋水陡然鬆手。

兆秋息突然回身。他手上本來沒有刀。

但就在他一回身的剎那，刀光一閃。

蕭秋水雖然反對「四劍」如此對待「刀王」，但也不忍心見鴛鴦劍叟如此糊裡糊塗喪命在兆秋息刀下，他及時一掌，「砰」地拍在鴛鴦劍叟肩膀上，鴛鴦劍叟跌出七步，恰好避過一刀。

刀「嗖」地自袖子裡收回去。

蕭開雁也不禁動容道：「袖中刀！」

鴛鴦劍叟怒叱：「蕭秋水你……」

閃電劍叟道：「蕭秋水你助權力幫的人！」

騰雷劍叟因曾受蕭秋水捨命相救之恩，即道：「蕭秋水救了老五！」

一時各執異見。兆秋息抹揩額上的汗，捂腹緩緩立起，袖中「嗖」地刀光一閃即沒，他慘笑著說：

「這就是『袖刀』。」

蕭秋水點點頭，道：「我看見了。」

兆秋息道：「那是我要讓你看得見。如果我用它來殺你，它就快到你連看都看不見了。」他苦笑又道：

「剛才我還在負痛，現在好多了。」

蕭秋水淡定地說：「是。你現在好多了。」

兆秋息吃力地道：「刀快到你看不見，便無從捉摸它，捉摸不著，你的內力也無用了，是不是？」

蕭秋水篤定地答：「是。」

兆秋息笑了：「你放了我，我曾上過你的當，再也不會上你的當了，所以我再要殺你，就一定能殺得了你，你相不相信？」

蕭秋水斬釘截鐵地答：「信！」

兆秋息笑：「那我要殺你了。」

蕭秋水搖頭。

兆秋息奇道：「你不信？」

蕭秋水笑了：「你不會殺我的。」

兆秋息問：「爲什麼？」

蕭秋水輕輕地道：「因爲刀王不是這種人。」

兆秋息靜止了半晌，突然仰天大笑，笑得眼淚也出來了，又驟地止往笑聲，道：

「你以爲刀王是怎樣一種人？」

蕭秋水即答：「惡人。」

兆秋息變色道：「那我爲何不殺你！」

蕭秋水冷笑道：「但你是條漢子！」他笑笑又道：

「何況，刀王兆秋息不是爲聽阿諛奉承的話而問人的。」

兆秋息沈默半晌，大聲反問：「惡人中也有好漢!?」

蕭秋水的聲音如一記記沈厚的釘鎚：「不但有好漢，也有英雄！」他朗聲道：

「劉邦狡詐奸險，善用智謀，卻是流芳百世的大英雄；楚霸王殺人不眨眼，血流成河，卻是名垂千古的真好漢！韓信原爲市井之徒，無賴之輩，但在角逐天下的爭霸中，卻是豪傑；曹操篡奪天下，挾天子以令諸侯，威震神州，卻是不世之人物！」蕭秋水一口氣說到這裡，旋又低聲道：

「問題是誰好、誰壞？好怎麼分法？壞怎麼評斷……」蕭秋水歎道。

「也許，也許好壞存乎一念之間，善惡亦然……」

兆秋息大汗涔涔而下，似乎比蕭秋水扼制住他的「手刀」時還淌得多，終於大聲道：

「那你爲啥不加入權力幫？」

蕭秋水笑著反問：「我爲何要加入權力幫？」

兆秋息欲言、又止，隔了半晌，終於道：「我們是擒住了梁斗等人，但幫主素來對梁大俠等之爲人，甚爲敬重，有意招攬已久，故暫無生命之虞。」

蕭秋水頓時鬆一口氣，說：「不過梁大俠爲人正直，絕不會加入權力幫的。」

兆秋息眉毛一挑，冷笑道：「昔日以飲譽黑、白二道的『大王龍』盛江北，以烈直稱著，最終還不是投入了權力幫！」

蕭秋水不答反問：「金頂上有些什麼人？」

兆秋息臉色陡變。

他瞳孔收縮，目光又變得刀鋒般銳利。

「你……你一定要上去？」

蕭秋水說：「是。」

兆秋息跺了跺腳，恨聲道：「我的職責是阻擋未受邀請而要硬闖上山的人……不過，你一定要去送死，我也由得你。」兆秋息冷笑一下又說：

「何況……我適才敗於你手……你就算是硬闖過關了。」

蕭秋水一拱手道：「多謝。」與蕭開雁返首欲行，斷門劍叟嚷道：

「我們一道上去。」

原來「四劍叟」適才暗狙兆秋息不成，怕他復仇，深知單憑四人之力，恐非「刀王」之敵，故欲與蕭秋水結伴而行。

蕭秋水側首詢問：「四位又因何事，非上山不可？」此刻蕭秋水雖年紀最輕，武功也不算太高，但氣派飛揚，雲停嶽峙，蕭開雁在眼裡，心下暗暗稱許。

斷門劍叟道：「我們得悉章長老、萬長老二位在淨慧寺一帶圖拯救邵長老未獲，卻查出峨嵋金頂上燕狂徒的『忘情天書』出現江湖！二位長老已經趕去，天王特令我等來聽候差遣。」

一聞「忘情天書」，蕭秋水不禁一震，蕭開雁也變了臉色，昔日章殘金、萬碎玉赴淨慧寺，蕭秋水有聽邵流淚說起，當然是爲了「無極先丹」，而今又爆出冊「忘情天書」，武林只怕又要掀起巨波，已由此可預見。

兆秋息乾笑兩聲，道：「嘿，嘿，不錯，『忘情天書』就在上頭，不過憑你們的本事，上去只是送死……」

騰雷劍叟怒道：「你瞧不起咱們……」

閃電劍叟的大喝如半空中打了一個焦雷：

「你想怎樣？」

兆秋息傲然道：「也沒怎樣。只是你要上去，不如先給我殺了。」他冷笑一揮手：

「……先過我這『七十二刀刀大陣』再說！」

那三十六紅衣童子及卅六彩衣童子立時轉動了，每人提著刀，急旋起來，鴛鴦劍叟大笑道：

「就憑這些小孩子……」

驀然寒光一閃，饒是他避得快，鬍鬚也給削去一綹，只見刀光閃動，方位轉移，快得令人目眩頭暈，只見刀光不見人影，不禁爲之膽寒，損人的話，則是不敢再說下去。

就在這時，蒼穹之中，傳來「啌啌」之聲，悠揚悅耳，久久不遏；蕭秋水曾聽說過，金項上有一巨鐘置於絕崖前，終年在雲霧山壁之間，甚有來歷。

兆秋息一聽鐘響，即令七十二童停止攻襲，臉容甚是恭謹，一直等到鐘聲全消，才敢稍動，騰雷劍叟滿腹疑雲，怒叱：

「你鬧什麼玄虛！」

兆秋息揮手道：「你們上去罷。」

四劍叟一愣，才明瞭金頂鐘鳴原來是權力幫主給他部下「刀王」的指令，想揶揄幾句，但又忌於李沈舟君臨天下的威名，有所憚忌，便只好迅步上山。

這時鐘聲又再響起，在巒巒群山之間，隱隱傳來，遠眺高峰遙處，氣象遙遠且森然，再回頭時，已不見蕭秋水。

蕭秋水已上山。

鐘聲倏止。

蕭秋水只見山意森然，山景幢然，金頂平台上的情景，令他倒抽了一口涼氣。

原來山上黑壓壓一大片，竟聚集了數百個人。

蕭開雁失聲道：「權力幫在此開大聚會了。」

蕭秋水道：「看來不像。」

只聽一人站起來大喝道：

「李沈舟，別人怕你，我可不怕，快將『忘情天書』交出來，否則我普陀山的人，要你的狗命！」

他一說話，眾下一齊嚷嚷，真是四方震動。這些人穿雜色衣服，裝束不同，臉貌也醜俊各異，顯然是從關內關外各處趕來聚集的。這些人都功力充沛，一齊起哄，真是山搖地動。

但他們雖敢起哄，卻不敢近前一步。

面對他們而坐的，只有一人。

蕭秋水一上來，就看到了他。

幾乎只看到他一人……蕭秋水之所以倒抽了一口涼氣，不是爲那麼多人在金頂，而是爲他一人。

那人在蕭秋水登上極峰時，似乎也揚了揚眉。

一個人，面對，一群人。

這是什麼人？

這時置放在峰邊的巨大銅鐘，又「啌啌」地、柔和地響起。

那人坐在草堆石上，輕輕地彈指。

鐘與他之間，相距十二丈餘遠。

他的指風，射在鐘上，連鐵鎚都未必敲得起的巨鐘，卻聲聲響起。

鐘聲一起，蓋住了群豪的語音。

只聞鐘聲，不聞人聲。

蕭秋水等在天門石旁所聞的只有鐘聲，便是這人，隔空彈指，所發出來的掩蓋群噪的磅礡鐘聲。

這人是誰？

蕭秋水卻在千人萬人中，只看見他。

這人也抬起了頭，似越過千人萬人，在人叢中望了他一眼：

——那深情的、無奈的，而又空負大志的一雙眼神！

蕭秋水驀然悟了。

他悟出當日之時，丹霞之戰裡，「藥王」莫非冤因何誤以爲他是「幫主」，也了解了「白鳳凰」莫艷霞等人，爲何錯覺他是李沈舟了。

也許，也許他和李沈舟，無一點相像之處，但就在眼神。就在眉宇間，實在是太相似了：

——帶著淡淡的倦意，輕輕的憂悒，宛若遠山含笑迷濛，但又如閃電驚雷般震人心魄……

那人笑了。

那人笑得好像只跟蕭秋水一人在招呼。

這時包圍圈內七、八人已按捺不住，拔出兵器，紛紛躍出，破口大罵：

「李沈舟，老子沒時間跟你耗！快交出來，不交咱們就一起上！」

只聽身邊的斷門劍叟也「呀」了聲，道：「萬長老、章長老果然在這兒！」

只見兩個老者，站得最前，一個宛若天神般高大，容貌猶如玉樹臨風，一個卻十分猥瑣，神色似老鴇般淫褻，在他們後邊，緊站著四個人，一名就是剛才第一個跳出來破口大罵的頭陀，還有一個寶藍衣衫的老叟，一個渾身像鐵骨鐵身鐵鑄成一般的道人，還有一個呆頭呆腦的禿頂錦衣人，瞧群豪模樣，似對這四人甚是敬畏。

蕭開雁知道蕭秋水不識得，便道：「那人大大有名，頭陀便是普陀山九九上人，老者是華山神叟饒瘦極，那鐵衣道人是泰山掌門木歸真，錦衣呆臉的便是天台山有名的『扮豬食老虎』端木有，都是極犀利的人物。」

蕭秋水卻想到了浮屍在浣花溪水上的少林狗尾、續貂大師、武當笑笑真人、崑崙「血雁」申由子、掌門人「金臂穿山」童七、莫干山「九馬神將」寅霞生、長老「雷公」熊態、「電母」冒貿、靈台山掌門天斗姥姥，第一高手鄭蕩天、寶華山掌門「萬佛手」北見天、副掌門「千佛足」台九公、陽羨銅官山「可禪隱人」柴鵬、馬蹟山七十二峰總舵主石翻蟬、雁蕩山宗主駕尋幽……

他眼神卻仍是望著那人，那面對許多人的人。那人絲毫沒有懼色，眼神溫暖如冬之爐火……

那鐵衣道人陡地一聲怒喝，好像軍鼓一樣，一聲一震，力蓋萬鈞：

「李沈舟，你究竟交不交出來，我木歸真可沒有空跟你蘑菇！」

他一說完，衣袖一拂，袖如鐵片一般，「嗖」地切在金頂的一塊岩石上：石如脆餅，割裂為二。木歸真怒說：

「李沈舟，十六大門派，給你殺戮得家破人亡者一大半，今日血債血償，你再也逃不掉。」

李沈舟笑了。他的笑容有說不出的自負，悲抑與譏誚。奇怪的是這三種迥然不同的人生情態，竟都在他的一個笑容裡含蘊了。他說：

「你來了。」

眾人一呆，相顧茫然。蕭秋水卻知道李沈舟的話是對他說的。千人百人中，只對他一人而說的。他居然鎮靜地回答：

「我來了！」

李沈舟那眼神又變得這山般遙遠，不可捉摸，但深情……他雙指挾著一管茅草，說：

「你果然來了，我聽柳五說過你，他遭你擒過一次，他很服氣。」他笑了笑又道。

「要擒柳五，已經了不得，能使柳五服氣，簡直不得了。」他如故友相逢般熟絡，隨便指一指身邊的石頭，輕描淡寫地道：

「坐。」

這時群豪甚爲喫驚，紛紛回過身來張望，卻見一個名不見經傳的年青人，淡定地越眾人而出，自然得就像回到自己家居一般，就在李沈舟身旁坐下來。

李沈舟望定了他，微笑道，「好，好。」

蕭秋水正待答話，忽聽一人破口罵道：「兀那小丑，在這兒目中無人，勾結奸黨，我儲鐵誠……」

蕭秋水一聽是「儲鐵誠」，霍然一震。原來「千變萬劍」儲鐵誠是青城劍派的一流劍手，與蕭秋水祖父蕭棲梧可說是齊名劍客，不過爲人不但不「誠」，而且甚是卑鄙，昔年內外浣花劍派之變，儲鐵誠便是其中鼓勵，挑撥，唆教，離間的人。

蕭秋水稍一皺眉，李沈舟淡淡地道：「此人說話，太過討厭……就不要說下去了。」

那儲鐵誠不顧三七二十一，繼續罵下去，突然李沈舟的手動了一下，儲鐵誠臉色一變，連忙掩住口，蹲下身去，大家探視了半天，卻見他終於忍不住，「嘔」地一聲吐了出來，是兩只被打落的牙齒，和一小片茅草的長葉；落葉飛花，均可傷人，在李沈舟手上輕描淡寫使來，更非傳奇，也不是神話！

李沈舟也沒有多看，向蕭秋水笑笑道：

「他，不說話了。」

這時群豪嘩然。很多人不自覺地退了幾步，卻見一人，全身穿著金亮，遍身戴滿金鐲子，叮噹作響，亮笑著前來，就像一堆火一般：

「李幫主，我們天王有話要我稟告給你。」

李沈舟睥睨笑道：「你是朱大天王的左右手之一：烈火神君蔡泣神？」

蔡泣神一震，道：「幫主好眼力。」

李沈舟微微一哂：「在廣西浣花分局臥底時，你就假借絕滅神劍辛虎丘之女辛妙常的名義行事？」

蔡泣神又是一怔，道：「是。」

李沈舟道：「可惜啊可惜，祖金殿居然還會對你那末不了解，中了你的暗算而死。」

蔡泣神與雍希羽剿殺祖金殿的事，才不過一天，而且係在峨嵋山腳下得手的，其時李沈舟還被群豪圍於山巔，而李沈舟居然已全知悉此事，這才叫蔡泣神心服口服，一時答不出話來。

李沈舟淡淡地道：「我本可就在這裡殺了你，但兩軍戰陣，不斬來使，今日你的身份是使者，你有話便說，我暫且寄下你的人頭，他日定償祖金殿之命。」

蔡泣神聽得勃然大怒。卻又覺得李沈舟凜然有威，輕描淡寫的話，看似漫不經心的話，卻教人深信難疑，心下一寒，但想至今日圍剿的高手不知凡幾，自己也名震江湖，何況章、萬兩位長老都在，定必相護，暗忖：李沈舟再厲害，也無法對自己怎樣，當下假裝掏出柬函，驟然一揚手，打出一團火焰！

李沈舟宛若沒有看見。

火焰照映在他的臉上，他的眼光突然有了一種無法掩飾、無法抑制的、狂熱的、焚燒的光芒。

連章殘金、萬碎玉二人全神戒備，準備李沈舟一旦出手，他們立即截擊；群豪也期待李沈舟出手，看是否有機可趁，看這名動八表的英雄人物，是不是如傳說中那般深不可測的武藝超凡。

可是李沈舟沒有出手。

他熾熱的眼神，一燃即黯淡了下去。他猶如日暮黃昏中的人，疲乏、而帶譏誚……

參　李沈舟

李沈舟沒有動，甚至連看都懶得看。

他背後卻驀然出現一個人，一個文人，一個幽魂一般的人。

這個人一直就在李沈舟後背，但李沈舟在，誰也沒有注意到他。

這人一出來，「刷」地打開摺扇，向火熠一搧，立即有一團水霧出來，掩熄了火焰。

火焰一滅，他又退回到了李沈舟的背後。

李沈舟甚至連動也沒有動過。

章殘金、萬碎玉全身蓄力欲發的功力，卻因李沈舟全然未動，不動就是最佳的守勢，也是最佳的蓄勢，李沈舟就算一出手即殺了蔡泣神，總算也有瑕可襲，而今巍然不動，章、萬二人，凝聚全身功力，旨在一擊，對方卻破綻全無，一時滿腔真氣，無處可洩，「砰」地一聲，兩人站立之地，四分五裂。

就在這兩大高手將真力宣洩的剎那，驀然眼前人影一閃，赫然竟是李沈舟！

兩人此驚，非同小可，猛運內力，「殘金」、「碎玉」掌，同時劈出！

李沈舟一個翻身，飄然落回荒草石上，端然坐下。

他嘴角多了一絲血絲，直淌了下來，他輕輕地咳嗽了幾聲。

然後他前面的烈火神君蔡泣神，眼神瞪得老大的，撫胸倒了下去，這一倒下去，就永不再起來。

眾人再回望，章殘金、萬碎玉二人已不見，這兩人適才所在之處，只留下兩灘鮮血。

章殘金、萬碎玉是昔年朱大天王創幫立道時所設的「七大長老」僅存的兩位。當日圍攻燕狂徒之際，七大長老中「三棍一棒」祁十九、「東瀛扶桑客」諸序中、「冷拳」居正、「塞外神卜」卞曉風全被殺死，「別人流淚他傷心」的邵流淚重傷被擄，獨有章殘金、萬碎玉二人逃出生天，其功力之高，也可想而知。

今日李沈舟被圍於峨嵋之巔，朱大天王特命章殘金、萬碎玉來對付李沈舟，以蔡泣神吸住李沈舟主力，其他的「六拳」、「五劍」等，不過是派去尋找「無極先丹」之下落。

章殘金、萬碎玉的「碎玉殘金掌」，一直是獨門絕學，也是武林中掌法中的至尊寶，朱大天王本以這兩大長老之力，加上圍剿的四大掌門和各門各派高手，以爲穩可殲滅李沈舟，但李沈舟用身後的人，一舉滅火，使章、萬二人，自行消去真力，再迅快無及地猝然出手，先殺烈火神君，再傷章、萬二人。

章殘金、萬碎玉畢竟並非浪得虛名，也各擊中李沈舟一掌，李沈舟是負了傷，章、萬二人不敢再留，立刻就走。

李沈舟淡淡地道：「我不斷來使，但對刺客，又另當別論。」說著又溢出一些血，顯然受傷非輕。

眾人見李沈舟一出手間，便殺了蔡泣神，趕走了萬碎玉、章殘金，簡直神乎其技，大部分群眾，情知不敵，紛紛退走，一時間走了幾乎一半的人。

至於四劍叟，眼見蕭秋水與李沈舟居然似熟人般的親切，而李沈舟在舉手投足間，竟然就殺了「雙神君」中的烈火神君，又打退了章、萬二長老，簡直匪夷所思，看得連眼睛都直了。

李沈舟收回兩隻手，把手指一隻一隻，逐漸屈了起來，看著自己發白的拳頭，低聲地道：

「章殘金、萬碎玉，名不虛傳，好厲害的掌力，但他們中了我的拳頭，已活不過今天。」

四大掌門：木歸真，端木有、九九上人、饒瘦極，以及儲鐵誠等，眼見李沈舟也不知怎樣的舉手投足間，便在自己等面前，殺退了三大高手，一時也爲之變色。

這時場中躍出一人，正是柔水神君雍希羽，扶著蔡泣神的屍體，一臉怒憤之色，怒視李沈舟，李沈舟淡淡地道：

「你還是不要妄動的好，朱大天王的人盡喪在這裡，對朱大天王來說，不啻是個經不起的打擊。」

雍希羽冷笑道：「你中了章、萬長者的掌力，已是強弩之末。」

李沈舟一笑，「那你可以試試看。」

雍希羽抬頭看李沈舟那深湛的，遠漠的，深情而又空負大志的眼神……他經戰無數，十蕩十跌，向無畏懼，而今一見李沈舟雙目，竟失去了出手的勇氣……他歎了一聲，咬了咬唇，道：

「朱大天王本來要蔡神君來，是要告訴閣下一件事。」

李沈舟笑道：「同時也命他能殺我就殺掉；有萬、章二位高手在，蔡泣神當然嘗試，一旦殺了我，應該七十二水道的副總瓢把子，那非她莫屬了。」

雍希羽無言。李沈舟又道：

「她既嘗試失敗，亦已身死，朱大天王的話，你來代說，也是一樣。」

雍希羽恨恨地抬頭，狠狠地道：「天王說：閣下是陸上龍王，他是水道天王，至於誰是人王，誰是天皇，還要請閣下過去一趟，引證引證。」

李沈舟道：「很好，朱大天王早有與我決戰之心，他約的是在什麼時候，什麼地方？」

雍希羽答道：「天王說：憑李幫主身手，其實無須選擇任何時間，任何地方。」

李沈舟大笑道：「好，你告訴朱大天王，李某人一定會去，在任何時候，任何地方。」

雍希羽突然低頭，竟向李沈舟叩拜。

這下大出人意表，就在雍希羽叩首下去的當兒，於背項間驟然射出兩道墨黑的水泉，直噴李沈舟。

李沈舟沒有動。

他背後立刻噴出兩道白色水泉，恰好抵住墨色水柱，四道水牆，半空落下，灑於地上，立時冒煙，岩石並作吱吱焦裂之聲。

雍希羽瞇起了眼，瞪住李沈舟背後那人，恨聲道：「『水王』？」

李沈舟背後的人冷冷地道：「正是。」

眾又嘩然，原來李沈舟背侍的那人，正是名動天下「八大天王」中的「水王」鞠秀山。

只聽李沈舟淡淡說：「柔水神君你莫要再出手了，再出手就活不回去傳達消息了。」李沈舟一直好似是個很溫和的人，用很溫和的聲音說話，但這平淡溫和的一句話，卻令柔水神君雍希羽深心感到顫悚。

李沈舟揮灑間殺退朱大天王的兩名長老，更誅殺了烈火神君蔡泣神，懲罰了儲鐵誠等人，真是君臨天下。本來得知風聲，在此剿襲李沈舟的群眾，大部分鬥志全消，只留待觀望，部分已悄然撤退。

若是單爲了捕殺李沈舟，這些人早被懾伏，知難而退，但這些人大多都是爲「忘情天書」而來的，這是武林瑰寶，誰能得之，便可擁有昔年第一大豪楚人燕狂徒之武功造詣，有誰能不動心？所以留待不走的，泰半都是爲了這一本足可令人捨死忘生的奇書。

只聽華山一叟饒瘦極冷笑道：「李沈舟，要我們走可以，只要交出『忘情天書』，我們立刻就走。」

普陀山九九上人也接著道：「這『忘情天書』也不是你的，你武功又那麼高，何需窺奪此書……還是交出來，讓天下有緣者共睹，不是大家都好嘛？」

九九上人這般一說，正說中大眾心事，群豪紛紛叫好，但若大家都豁了出去，一擁而上，就算李沈舟武功再好，也雙拳難敵千手，當下大聲道：

「若這廝肯交出來，便是罷了，如若不交，咱們一齊上，對付這等奸惡之輩，無須講究江湖道義，殺了爲民除害便好！」

天台山端木有陰陰一笑道：「是呀，他武功再高，也沒有用，當年燕狂徒就是給我們一擁而上，便殺得落荒而逃，死無全屍。」

這一番說下來，眾人又群情火盛，信心大增，紛紛聒噪不已。

只聽一人怒叱道：

「好不要臉！昔日十六門派攻殺燕狂徒，哪有出過力，都是跟著後頭走，真正出手的，是權力幫的四大護法，哪是你們這班鼠輩！」

說話的人是「刀王」兆秋息，因憤懣不平而脹紅了臉。忽又聽一個聲音吆喝道：

「胡說八道！圍殺燕狂徒，權力幫只是幫腔作勢而已，真正殺傷燕狂徒的，是我們天王的長老，我們七大長老都因此役而犧牲其五，居然輪到你們來認功不成？」

大聲說話的人是「四劍叟」中的斷門劍叟，李沈舟偏了頭，向蕭秋水低忖道：

「這人倒蠻有膽魄的。」

蕭秋水卜心一凜，只覺李沈舟在這十面埋伏，四面楚歌中，依然悠閒自若，談笑自如，還能觀形察色，臧否人物，心中大是佩服。

只聽一人冷笑道：「你們權力幫中爭權奪利，鬼打鬼、人殺人，自家的事，當然跑在前邊，朱大天王跟燕狂徒是兩派對立，此消彼長，自然拚老命，那又有什麼可說的！」

這發話的人是華山神叟饒瘦極。「柔水神君」雍希羽回罵了過去：

「你們十六門派，就算俠義相助麼!?當年你們若不合力殲滅燕狂徒，燕狂徒就會先把你們逐一滅了，你們是爲了苟圖安命，才趁這個熱鬧，居然在打殺中還落於人後，真是丟盡了顏面！」

饒瘦極怒吼一聲，正要長身而出，天台山端木有爲人卻極有城府，阻攔道：

「天王的人聽著，我們此番來峨嵋，一是爲誅殺李沈舟，替天下除害，二是爲求使武林至寶『忘情天書』，能重見天日。我們在此胡罵一通，同室干戈，不是中了敵人的計？」

眾人一聽，大以爲然，一時又擺成陣勢，圍向李沈舟。兆秋息冷笑道：

「好哇，所謂武林正道人士，居然與朱大天王的人『同室』起來了！」

在李沈舟背後侍奉的「水王」鞠秀山也揶揄道：「豈止『同室』，簡直『同流』。」

端木有卻臉色不變，笑嘻嘻地道：「就算『合污』又怎樣?『下流』又何妨?如果必要，昔日我們黑白二道圍攻燕狂徒，不是同樣『流』、同樣『污』！」

這時忽有一提雙短戟的大漢朗聲道：「端木老大，萬萬不可，所謂：盜亦有道，我們聯朱大天王以制權力幫，總有一日，養虎爲患，更何況又毀壞了我們持正行俠的原則……」

這人一說話，即有幾人附和，蕭秋水認得此人，這漢子是湖南一帶的豪傑，也是少年創幫立道，仗義匡正，快意恩仇的俠士，外號「銀戟溫侯」，姓唐，名潔之，跟唐門可沒有任何淵源。

端木有溫和地笑道：「唐老弟，這你可有所不知了，我們今番爲的是『忘情天書』，只要李幫主肯交出來嘛……一切都好商量，我們跟朱大天王的人既然敵愾同讎，爲何不『併肩作戰』？」

「銀戟溫侯」唐潔之道：「不對，我們今番來，爲的是殲滅萬惡之權力幫，再聚眾瓦解朱大天王的組織，怎可本末倒置，爲求奪寶而來？」

唐潔之這一番話，說得很多人低下頭去，蕭秋水心下更大是讚賞。端木有有些哭笑不得，道：

「唐老弟年少，不知江湖事，並非正就是正，邪就是邪，死牛一邊頸就可應付的。」

唐潔之正色道：「漢賊不兩立。江湖上同聲並氣的事，我也懂一些，只是有些原則，卻顛撲不破，此乃大節也，大節不可稍移。」

部分武林人士，當真懷一腔熱血而來，聽得唐潔之一番話，激起了任俠心腸，不禁聳然動容。

饒瘦極知道場面不易控制，向唐潔之招手低叱道：「你，小兄弟，過來，來……」

他是想制止唐潔之說下去。但就在這時，驟然精光一閃，端木有一招手，一支蛇錐七寸長，全釘入唐潔之心胸之中。

唐潔之猝不及防，仰天而倒。他的弟兄急忙扶持，紛紛怒叱，皆變了臉色，九九上人鑌杖一掃，掃倒了幾人，這些人顯然都不是這四大門派的掌門之敵。

蕭秋水霍然立起，對端木有這等所謂名門正派的人惱極，眼見唐潔之的一名義妹正衝了過去，端木有肥短的手一拿，已抓住了她的脖子，蕭秋水忍無可忍，宛若見到他的弟兄受辱一般，貫力於手，一把抓落了堅硬的岩石，呼地全都以「浣花劍派」三大絕招之一：「漫天風雨」的招式發了出去。

端木有見蕭秋水內力居然如此之強，砂石挾劈空呼嘯之聲，飛擊射來，忙甩掉那女子，全神以待。

就在這時，李沈舟手中的茅草猝然射了出去！

射至一半，茅管分裂爲三。

端木有正想撥開砂石，突覺左右肘俱是一麻，正要退避，「跳環穴」又是一痛，「噗」地跪倒，蕭秋水的砂石，等於都打在他的臉門。

茅管雖輕，卻後發而先至。

砂石經由蕭秋水的手上發出去，以他此刻的內力，是何等驚人，端木有臉上頓時一片血肉模糊，仆地而歿。

這時眾皆嘩然。木歸真的聲音越眾人之聲傳來：

「這浣花劍派的人做了權力幫的走狗！不要放過他！」

很多人嘩然：「蕭秋水殺了端木有！」「蕭秋水殺了端木有！」

更有人大呼：「蕭秋水殺了端木大俠！」「蕭秋水與白道中人爲敵！」

蕭秋水倒沒想到自己功力能一舉殺了大名鼎鼎的端木有，一時百口莫辯，怒極嘯道：

「那唐潔之的命呢！難道被端木有白白殺了，便是活該？」

此刻他功力十分充沛，一旦大呼，把全場噪音壓了下去，但七八件兵器，已向他攻到，蕭秋水十分憤怒，一時忘了閃躲，李沈舟在旁邊用袖子輕輕一劃，已把來襲的人都迫了回去。

這時唐潔之身邊的弟兄，匡護著唐潔之的屍體，搶了過來，站在蕭秋水的身旁，其中一人悲聲道：

「蕭大俠，我知你向來正義，請你替我們大哥主持公道。」

蕭秋水一時不知如何是好。蕭開雁那邊已跟人打了起來，蕭秋水感到既連累二哥，又使浣花劍派聲名受污，罪孽深重，但又分辯無從，一時為之氣極，只聽李沈舟端然道：

「在武林中，通常都會如此，他們說你是什麼，你便是什麼，不由你分辯的。」

蕭秋水突然站了起來，倒立一會，翻了三個觔斗，雙拳空擊了兩下，嘴裡隨便拉了個調，唱了幾句小曲，但臉色平和，重新端坐下去，面對李沈舟。

這下子輪到李沈舟莫名其妙，摸摸鼻子道：「你在幹什麼？」

蕭秋水道：「我要促使自己不致於太過拘泥於這件事中。」

李沈舟眼睛裡有春水般的笑意：「好，很好。」

蕭秋水道：「反正別人怎麼看我，我還是我；」蕭秋水也笑了，笑意像春山遠處：

「難道給他們說了，我就不是我麼？」

李沈舟眼睛裡更有欣賞之意：「哪有的事！要是這樣，我早變成了天下第一怪物了。」

李沈舟「君臨天下」，自是在江湖上，武林中被揣測最多的神祕人物，如果真如傳言，不變成三頭六臂，也非成了畸人不可了。

蕭秋水不理眾人喧嚷，望定住他道：「你的人，不像你的部下、左常生、康出漁、屈寒山，這幾人都十分卑鄙、狡詐。」

李沈舟點點頭道：「我也十分狡詐。」

蕭秋水道：「可惜他們簡直不義。」

李沈舟眼神又有了那種空負大志般的蕭索：「但在另一方面來說，他們是盡忠。」

蕭秋水道：「這也是所謂『人在江湖，身不由己』嗎？」

李沈舟一哂道：「其實大英雄、真豪傑，也沒什麼由己不由己的，只是我們這等世俗人，才拋不開名、利、權欲，不由己也是活該的！」

這時兆秋息已率七十二童子護守著李沈舟等，李沈舟卻繼續與蕭秋水對話，宛如未覺一樣。

蕭秋水沈思了一陣，接道：「屈寒山雖然卑鄙，但的確忠心；」他望著李沈舟說：

「我就是為他所託來見你的。」

李沈舟雙眉一揚，道：「哦？」

蕭秋水道：「屈寒山死了。」

李沈舟的眼神頓時黯淡了下去，俯首看自己盤膝端放的手心，重複道：「他死了。」

蕭秋水隔了一會兒才說：「他是為了爭奪『無極先丹』才死的。」蕭秋水說完了之後，定定地望著李沈舟，想觀察這位當世人傑，聽得這武林人士夢寐以求的丹藥時，有什麼表情。

沒有表情。

一點表情也沒有。

李沈舟只是淡漫地「哦」了一聲。

蕭秋水接道：「他搶奪『無極先丹』，是為了送給你，那時他遭受烈火、柔水、五劍、六掌的襲擊，已斷一臂，但堅持要送交這禮物給你。」

李沈舟緩緩地搖首，眼神也不知道是怒哀，還是揶揄！「『無極先丹』確是罕世之寶，但為它而死，實是不值的。」

蕭秋水望定他道：「屈寒山獲得它時已傷重，生恐朱大天王的人追殺，所以用人質來威脅我，要我把丹丸交給你，並希望你收丹藥之後，能下山一趟救援他。」

李沈舟問：「他在哪裡？」而沒有問：「現在丹丸在哪裡？」

蕭秋水深心感動，正色道：「他把先丹交了給我，就給人殺了。」

李沈舟一抬目，神目如電：「誰殺他的？」

蕭秋水道：「六掌。其時只剩五掌，後來也給屈寒山殺了一掌，現在四掌都不在了。」

李沈舟問：「爲什麼？」

蕭秋水答：「給殺了。」

李沈舟緊接著問：「給誰殺的？」

蕭秋水緊接著答：「蛇王。」

李沈舟緊迫盯人地問：「兩條蛇王？」

蕭秋水間不容緩地答：「老人與少女。」

李沈舟長呼了一口氣，道：「這兩人窺視先丹已久。」

蕭秋水心下更是佩服：李沈舟觀人於微，知「蛇王」等早有叛意，顯然已有戒心。

這時群眾一聽「無極先丹」之下落，紛紛都停了手，引長脖子來聆聽，無疑「忘情天書」、「無極先丹」都是十分吸引人的事。

蕭秋水又道：「你沒看錯，蛇王奪取先丹，後來少的殺了老的，女的又被我和唐方所殺。」

「唐方，」李沈舟欣賞地笑了，「就是最近時常跟你一齊闖江湖的女孩子。」

「是的。」蕭秋水眼前彷彿幻起了臉色蒼白的唐方，受傷的唐方，不覺憂心怔忡起來。

李沈舟也看了出來，關懷地問：「蛇王把唐方怎麼了？」

蕭秋水怒吭地道：「咬傷了。」李沈舟「嗄」了一聲，蕭秋水接道：

「後來給唐剛接回唐家療毒去了。」

李沈舟吁了一口氣，道：「這裡總算離唐門不遠……以唐家堡的運毒手段，要治療蛇王之毒，當無問題，問題是趕不趕得及……」

那邊群眾，只聞二人又不談「無極先丹」，早已待不耐煩，一人暴喝道：

「喂，小子，無極先丹究竟在哪兒了？」

其他的人也七口八舌，紛紛追問，生恐問遲一些，無極先丹便會飛了似的。

這時蕭開雁也已回到場中，到了李沈舟、蕭秋水的圈子之內；李沈舟也不去理會那些人，逕自道：

「你說得對，我部下中，本領是夠高了，但品行良莠不齊，像蛇王這等劣行，更使權力幫聲名萬劫不復。」

蕭秋水冷冷地道：「權力幫本來就萬劫不復。」

李沈舟臉色變了變，旋又笑道：「你的話太武斷。」

蕭秋水斷冰切雪地道：「我說真話。」

李沈舟冷笑道：「沒有了權力幫，就仗這些貪活好功的僞君子，天下會更好嗎？」

蕭秋水道：「不會。」

李沈舟笑了，問：「所以說——」

蕭秋水切道：「但有了權力幫卻更壞。」

李沈舟臉色變了。

蕭秋水坦然道：「他們是你的部下，你的部下品德良莠不齊，那便是不對，你要負責此事。」

李沈舟道：「不錯，我應該負責任，你也領導過一眾兄弟，當組織一旦擴大，不可能事事控制得宜，你不可能人人兼顧，件件皆管。」

蕭秋水斷然道：「不能管，就該放棄。」

李沈舟沈默。然後他抬頭，他說：

「你知道不知道，這十幾年來，唯有你一個人，敢對我這樣說話。」

蕭秋水望定他，真誠地道：「便是因爲這樣，我才說的。」

這時旁邊的人都爲蕭秋水捏了一把汗。以李沈舟的個性與武功，殺蕭秋水乃舉手間事而已，而蕭秋水居然敢如此一再頂撞他。

群豪更是奇怪納悶，本見蕭秋水坐於李沈舟身側，認定他們是一夥的，尤其是蕭秋水誅殺端木有後，更以爲無訛，卻是兩人針鋒相對起來，各持己見，完全不像是同路的。

良久，李沈舟靜靜地道：「柳五厲害。」

蕭秋水道：「哦？」

李沈舟喟息道：「我是讚他好眼光。他沒有看錯你。」

蕭秋水道：「哦。」

李沈舟忽然笑了，他的笑容又有說不出的譏誚與倦意：「你知道他怎麼說？」

蕭秋水默然。

李沈舟自己說了：「他說像你這種人，能收入權力幫，便趕快收了，如若不然，則趕快殺了，多留一天都不可以。」李沈舟認真地道：

「柳五是世間人傑，他這樣說你，是重視你。」

蕭秋水也撼動：「我怕他太看重我了。」

李沈舟疲倦地笑了笑：「你名不見經傳，武功又差……」他忽然用一種很冗長也很特異的聲調說：

「不過，他並沒有看錯。」

李沈舟眼色一黯，道：「但是，他還是看錯了。」

「他看錯的是我。」蕭秋水不明白。李沈舟解釋道：

「因爲你雖可怕，我卻不殺你，我要等你更可怕時，再來殺你。如果爲了一個人將來可能是他的敵手便要先殺了，那我就不是李沈舟了，李沈舟不是這樣子沒信心的人。」

李沈舟又說：「現下武林兩個最出風頭的年輕人，一個是你一個就是皇甫高橋；我不殺你們，除非他先殺了你，或者你殺他之後……」

蕭秋水沈思良久，良久沒說一句話。

他沈思的時候，顯出一種猶如千古悲哀萬古愁般的壓力，連浮躁不安的群豪，一時也未敢干擾。

然後他說話了。

只說了一個字。

「謝。」

李沈舟很慎重的聽了這個字，然後很沈重的應了一句，只有兩個字：

「不謝。」

蕭秋水肅容道：「我謝是謝你再讓我有一次機會。」

李沈舟笑說：「其實你知我是李沈舟，便不必謝我，縱敗了也是我自找的。」

蕭秋水道：「你知道我是蕭秋水，便一定會謝你，你不用推辭。」

蕭秋水年紀雖輕，但與天下第一大幫幫主李沈舟坐在一起，談笑自若，絲毫不見失度或失措。

李沈舟忽然又道：「道不同不相爲謀，是不是？」

蕭秋水截然道：「是。」

李沈舟：「那我們還是不是知音？」

蕭秋水毫不考慮道：「是。」

李沈舟雙掌與蕭秋水對掌一拍，大笑道：「可惜無酒，否則爲了這個『是』字，可以大醉三百杯。」

肆 爭奪

蕭秋水道：「其實英雄論交，亦不必非要有酒不可。」

李沈舟更爲開懷，暢笑道：「是是是。老弟真合我心意。唯庸人才須杯酒在手，方能作快言豪語，哈哈哈！我等豈須如此！」忽然臉容一整，道：

「我這是第二次見到你，你可知道？」

蕭秋水倒怔住了。

「我沒見過你呀。」

李沈舟笑了。蕭秋水堅持道：

「若我見過你，一定認識。」

李沈舟笑得又似遠山：「我見到你，你見不到我，因爲相隔太遠了。」李沈舟笑笑道：

「你的眼力當不如我好。」

蕭秋水的眼神亮了。「是不是……」

「是不是在大渡河與青衣江中……？」

李沈舟微笑頷首。

——觀音山一帶，蕭秋水等行過，其時細雨霏霏，江水氣象萬千，空濛中帶過驚心動魄的浪濤，江心有一葉扁舟，始終在怒濤浮沈中不去。

——江河起伏，巨浪濤天，人在鐵索之上，尚且爲這排山倒海的氣魄所震攝，人畏懼大自然的心理，也到了極點，然而這葉輕舟，就似一張殘葉一般，任由飄泊，因本身毫不著力，所以反倒沒有任何翻覆可怕。

——蕭秋水乍看，還真以爲是一片葉子。

因爲要是人，不可能不怕大自然，且能如此融匯在大自然中。

然而卻不是葉子，而是舟子。

不僅是舟子，而且舟上有人。

人便是李沈舟。

遇，而不見。

真是如見真人，真人見而不知。

蕭秋水笑了：「原來是你。」

他的眼神又閃亮著興奮的光采：「那末伏虎寺中，大俠梁斗等，乃爲你所擄了？」

李沈舟反問：「什麼時候的事？」

蕭秋水的心開始沈了下去：「昨晚。」

李沈舟道：「不可能。昨夜我已被圍於山頂。」

蕭秋水的心完全沈了，沈到底。他知道李沈舟不會對他說謊，也沒有理由要欺騙他。

李沈舟道：「這次我來峨嵋，爲的是要搜捕那兩條蛇王，卻不料無端端來了流言，約齊了各路高手，咬定我在此地擊殺燕某奪得「忘情天書」，因此困戰了整整一天，真是莫名其妙……」

蕭秋水忽然道：「我差點忘了一件事。」

李沈舟道：「無極先丹？」

蕭秋水道：「我要把它交給你，完成我答允人家的諾言。」

一提到「無極先丹」，幾乎在場中所有的人，都伸長了脖子，直了眼珠子，握緊了拳頭，要目睹這武林瑰寶。

李沈舟淡淡地道：「這是屈劍王辛苦搶來的，我當然要收下。」

蕭秋水爽然道：「好。」伸手一攤，赫然竟是五顆紅色藥丸。

就在藥丸一現刹那間，數聲沈悶如野獸般的低吼，人影倏閃，飛撲入場中。

最先出手的是剛才粗聲追問「無極先丹」之下落的鮮卑人，他一出手，右手奪丹，左手在刹那間遞出了十三招，有九種武功居然是江湖上罕見甚至失傳的奇招，其中一招居然是正宗少林「達摩指」。

但是李沈舟一出拳，那人就飛了出去。

飛出去很遠很遠，倒地時已沒有了聲息。

可是撲來的人很多，其中還包括饒瘦極、木歸真和九九上人、儲鐵誠以及柔水神君等人。

李沈舟一揚眉，蕭秋水卻望定著他，搖首。

李沈舟略一沈吟，沒有動作，蕭秋水手上五顆藥丸，已全教人奪走。

蕭秋水正在說著話：「這丹丸原是邵流淚從燕狂徒那兒盜出來的。他把假的丹藥，誘使雍希羽將之取去，獻給朱大天王，想借刀殺人，可惜屈寒山不知，半途將之奪攫，想奉獻給你，所以威迫我這樣作……」蕭秋水一面說著，場中已斷喝連聲，蕭秋水逕自說著不間斷，李沈舟也耐心專意地聆聽，但場裡已死了幾人，傷了十多人，爲的是爭奪這僞「無極先丹」，已無暇理會蕭、李二人，哪還有功夫去聆聽他的話。

李沈舟故意問：「那麼，這丹丸是有毒的？」

蕭秋水大聲道：「是的，這丹丸含有劇毒！」

這時只聽「哎唷」，「哎唷」，「哎唷」連聲，華山饒瘦極已奪得一枚丹藥，連傷殺數人，生恐別人來奪，便一口吞服下去。

眾人眼紅耳赤，全在爭奪這每顆可增進一甲子功力之藥丸上，哪還有功夫去聽他們的對話?就算聽得見，也不願意相信。

蕭秋水目睹此狀，歎了口氣，道：「難道這世界上，真話都不如假話能教人相信?」

李沈舟笑了一笑，道：「那也許是因爲真話比假話難聽之故。」

又在這時，又幾聲慘叫，九九上人已擊倒了幾名搶奪者，拿得一丸在手，欣喜欲狂，哈哈一笑，吞服下去，一面揣想著他功力陡增一甲子的幻夢，邊打邊狂笑。

蕭秋水只覺毛骨悚然，儘管眼前有著如許之多人，但在廝殺聲中，蕭秋水只覺自己乃在非人世界之中。

李沈舟很了解地看著他說：「你別自責，說什麼也沒有用，他們不會聽的。」這時木歸真與儲鐵誠已各奪得一顆，仰首吞下，儲鐵誠還邊服邊用雙劍一扎，把一人抱著他伸手要拿丹丸的人，割得腸子都流了一地。

李沈舟偏首道：「那真的三顆，是給你吃了？」

蕭秋水怔了怔，道：「是宋姑娘告訴你的罷？」

李沈舟笑道：「是。」他忽然狡獪得有種眩人的俊美。

「我早知道這藥是假的。」

蕭秋水動容道：「你在試探我是不是在騙你？」

李沈舟望定他，說：「因爲你不會騙我。」

蕭秋水沈默良久，才道：「幸虧我不曾騙你。」

李沈舟微笑望定他：「幸虧。」

這時剩下的一顆「無極先丹」，你爭我奪，但以雍希羽功力最高，他噴出毒水，擊退眾人，有些人沾上了，狂嚎打滾，十分痛苦，雍希羽抓住一丸，往四劍叟處一拋，疾喝道：「我來斷後，快回獻天王！」

四劍叟中，鴛鴦劍叟一拿撈住藥丸，斷門劍叟、閃電劍叟、騰雷劍叟連忙組織劍陣，以抗強敵，眾人因這是最後一粒丹丸，都全力相爭，而柔水神君因被劍王盜去丹藥，自知失職，怕朱大天王怪罪，更全力抗衡。

兩方面交手下，因各門各派人多勢眾，朱大天王的人大感壓力，就在這時，饒瘦極、九九上人、木歸真等猶未滿足，還要奪取此丹丸，包抄襲去，閃電劍叟首先遭了殃，被殺得身首異處。

蕭秋水霍然而立，道：「他們曾跟我併肩作戰過，我不能坐視不理。」

就在這時，只見場中數人驚呼：

「他，他吞下去了！」

「給他吃了，糟了！」

柔水神君正殺得性起，聽如此說法，莫名其妙，返頭一看，鴛鴦劍叟臉上一個詭異的笑意，雍希羽顫聲怒問：

「你……你竟然私自吞食了？」

眾人見丹丸已無，皆頹然住手，鴛鴦劍叟也沒說是，也沒說不是，像偷吃了糖又怕被大人察覺的孩子，直勾勾地望著雍希羽。

柔水神君怒不可遏，大喝一聲，殺將過去，才不到幾招，鴛鴦劍叟已現凶險，忽而半空又多了兩柄劍，因「五劍叟」手足情深，總不願柔水神君搏殺他們的兄弟，所以以三戰一，竟與柔水神君雍希羽拚鬥了起來。

其他的朱大天王黨羽，見幾個頭領亂作一團，一時都不知幫誰是好，真是尷尬異常。

就在這時，忽聽一個尖呼。

原來群豪中有一女匪，距離華山神叟饒瘦極很近，乍見饒瘦極的樣子，不禁發出一聲駭然的尖呼，一面還顫著手指指向饒瘦極，竟駭暈了過去。

眾人因此都擰頭望去，只見饒瘦極臉色又紫又藍，五官齊潰，七孔流血，但他自身，猶未所覺，還帶了一個極得意的表情。

這情景十分恐怖，眾人都駭然說不出話來，饒瘦極見眾人望著他，神容都很驚怖，還以為他因功力陡進，神光隱現，表情愈發得意。

九九上人本陶醉在他服得仙丹美夢之中，忽見饒瘦極如此，不覺心驚膽戰，叫道：

「饒兄你……」

話未說完，饒瘦極「凸凸」兩聲，兩隻眼珠子，竟自眼眶裡滾了幾下，竟連耳朵、鼻子都剝落了下來，嘴巴也裂了開去，眾人尖叫，膽子小的人連手上兵器也執不住。

饒瘦極這才「咕咚」地倒下。九九上人心悸膽寒，忽見眾人又望向他，神情又是跟望向饒瘦極相似，只是更為驚悸，他雙手摸著自己臉孔，猛見自己雙掌皮層剝落，血肉腐爛，他尖叫道：

「我……我……我是不是也——」

說到這時，聲音愈薄，愈是尖銳，到了最後，只有風聲的嘶嘶之聲，絲毫不成語音，「突突」二聲，他的眼珠子也飛落出來。

那邊的儲鐵誠怪叫道：「這是什麼藥！這是什麼丹藥！」一面叫一面吐，臉上已開始變色。

只聽「呼」地一聲，一鐵衣人越過眾頂，落在蕭秋水身前，一把揪起他，嘶聲道：

「快拏解藥來！」

蕭秋水搖首歎息，向木歸真道：「沒有解藥。」

木歸真揚掌要劈，李沈舟也歎了一聲道：「你去罷。」一拳擊出，木歸真的胸膛便陷了下去，鮮血狂噴，噴到一半，變作藍色，眾人急忙退閃，木歸真卻已身亡。

他身死了，肢體才開始腐爛。儲鐵誠看在眼裡，腳都軟了，哭聲道：

「這是……這是什麼藥？」

他的牙齒已被李沈舟打崩，說起來因顫聲之故，甚是可怖，有人已掩臉而逃，有人更蹲地嘔吐起來，蕭秋水道：

「我也不知道，這藥原來是朱大天王的長老邵流淚用來毒死他主子的毒藥，現在邵流淚已死，解藥也沒有了。」

鴛鴦劍叟發出一聲恐懼的尖叫，嗄聲道：「爲何你⋯⋯你起先不說？」

蕭秋水歎息道：「我已經說了。」

眾人細想一下，隱約記起，蕭秋水彷彿有提過⋯⋯但那時大家都殺得性起，你爭我奪，哪有心聽？

這時儲鐵誠已「嘍嘍」兩聲，也是眼珠子飛掉出來，許多膽魄皆豪的人，也不忍看，掩目退避，鴛鴦劍叟長歎一聲，大聲道：

「替我轉稟天王，就說我臨死前還對不住他！此刻代他身死，也算恩斷義絕了。」

說罷，橫劍自刎，屍身栽在他兩個兄弟的臂膀裡。

眾人大感索然，紛紛退去，剩下的不到百人。

稿於己未年除夕（一九八〇年二月十五日）

一群和諧兄弟忽一一離棄，音斷義絕，多年後才知是「白色恐怖」搞的鬼。

三校於一九九三年七月九日

惠霞傳真來訪問稿，佳／姊電「風采」刊出我「談玄說異」系列二篇／接獲荒謬文集，可笑復可哀／敦煌出版社主事人來電「綠髮」已出書

修訂於一九九七年十二月十八至十九日

香港皇冠版「四大名捕走龍蛇」之「捕老鼠」、「打老虎」、「猿猴月」均已出書／星輝欲接洽中國大陸之版權，但我出版權早已賣光售罄，連少作亦已授權，計劃撰寫之作品，亦已早讓人預訂／新報開始連載「天下無敵」／葉浩造成電

視大障礙，可惱／萬象傳真來計劃
中的出版程序。條理分明步驟精，
可予重託／傳予星輝有關版權資料
／湘湘得獎，聯繫上，非常謙虛可
敬，由梁何聯絡／葉宋大編校「布
衣神相」台新版期間

溫瑞安

第二章　八大高手

伍 鐵騎銀瓶・東一劍西一劍

李沈舟歎道：「你爭我奪，到頭來便是這樣的結果。」

蕭秋水驀然反問：「若果你不知這些丹藥是假的，是不是也投身於爭奪之中？」

李沈舟沈思良久，終於道：「是的。」

蕭秋水點點頭道：「我吃了三顆『無極先丹』，一顆係給邵流淚逼服的，還有兩顆，是宋姑娘顧全我……」

李沈舟頷首笑道：「這些藥明珠都有跟師容說起，師容轉告了我……她也服了一粒，一粒留給了我。」李沈舟笑意裡有說不出的狡猾，又有說不盡的好看：「她還說你是個真君子。」

蕭秋水正想說話，忽然山下遠處，傳來猶近在耳邊的叱喝：

「呔！權力幫的小子！快滾下來！」

蕭秋水一聽這語音好熟。李沈舟卻微笑道：

「赫！你們何不自己爬上來！」

他隨便漫聲一說，聲音卻是開揚悠悠地傳了開去，這時山巔「颼颼」射入了兩道人影，又急又快，所帶起的衣袂勁風，令在場中群豪眼都睜不開來。

眾人只覺眼前一花，場中多出現了兩人，都身著白袍，一個銀髮金冠，一個白髮銀冠，都是道人，在場中年輕、中年甚至老年一輩，大都不識得，但有數名高齡高手，卻臉色大變，有一名還「咕咚」一聲跪了下去，顫聲叫：

「祖師爺饒命。」

眾人不知所以。這兩名老人也不去理會他，銀髮金冠的人居然呼道：

「誰是李沈舟？」

卻見李沈舟也站了起來，態度甚是恭謹有禮，眾人正奇怪這兩人來頭好大之際，忽聽蕭秋水上前行禮，畢恭畢敬地招呼道：

「晚輩拜見兩位前輩。」

原來這兩人不是誰，正是在丹霞嶺上，巧救蕭秋水與宋明珠的武當名宿：鐵騎道長，銀瓶真人！

鐵騎，銀瓶兩人，著名的是劍，掌，內功三絕，尤其是內功，已經到了爐火純青，至高無上的階段，但他們當日，因不知蕭秋水已服「無極仙丹」，幾喪命在蕭秋水手裡，一直到如今，他們兩人，心裡還暗暗感激蕭秋水的手下留情。

二老一見蕭秋水，想起丹霞之敗，也有些不好意思起來，鐵騎笑道：

「小子，你也來了，姑娘呢？」

蕭秋水臉上一紅，想起當日在丹霞谷中的荒唐事，旖旎情景，銀瓶端詳了他一下，即道：

「唉呀，怎麼還是內功好，武功不濟呀！」敢情他一眼就看出了蕭秋水的功力與武藝不對稱。

蕭秋水一時也不知說些什麼是好。鐵騎又嚷道：「這裡有沒有李沈舟在？」

李沈舟沈冷的站了出來，道：「我就是。」

鐵騎打量了他幾眼，喃喃道：「很好，很好，」銀瓶也歎了一聲，向鐵騎道：

「英雄出少年，這句話真是沒錯，看來我們早該退休啦。」

鐵騎苦笑道：「不過還得辦完此事才走。」

銀瓶也苦澀的道：「這事兒不好辦罷？」

鐵騎道：「就算辦好，也要覓個好徒兒，單靠觀裡的庸才，怎能繼承你我的衣缽？」

李沈舟從中截斷道：「兩位找我，有什麼事？」

鐵騎道：「你有無一個手下，叫做柳隨風？」

李沈舟點點頭。鐵騎軒眉道：

「那就是了。他在浣花蕭家，殺了我派掌門太禪以及總觀主持守闕；我要替我的徒孫們雪這個恥，報這個仇。」

銀瓶道：「少林聽說也喪了掌門天正，還有七大高手中排第四的木蟬、排第五的木蝶，以及排第七的龍虎，據悉武功排第三的木葉和排第六的地極兩人，也要前來金頂找柳五報仇雪恨……」

鐵騎道：「又聽說你在此地奪得『忘情天書』，你武功應已不錯，加上『忘情天書』，那怎可以！……所以我們先趕過來，要先木葉和地極之前會會你……」

銀瓶道：「你快叫柳五一齊出來。」

李沈舟笑了。他的笑恰似春山般悠遠，又似狐狸般狡猾，可是非常好看：

「是誰告訴你們我在這裡拿到『忘情天書』的？」

李沈舟問：「一封信？」

銀瓶道：「一封信。」

鐵騎肯定地道：「是一封信。」

李沈舟忽然揚聲問：「你們之所以得知我在這裡，還有『忘情天書』的事，都是因為收到一封信？」

大多數人點頭或應是，少數人因戒備而緘默。李沈舟笑意裡有說不盡的揶揄：

「為了一封神祕的信，我們莫名其妙的在峨嵋金頂，大殺一番……」

蕭秋水忍不住問，「那末以前『戰獅』古下巴被殺的傳聞，又是怎麼一回事呢？」

李沈舟答：「古下巴那一行人，確是柳五和刀王等所殺的。我本來就把蛇王包圍在峨嵋，古下巴等人假借遊覽之名，想救走他倆，而古下巴原來是武林四大世家『慕容、墨、南宮、唐』家中之慕容家門人，來意不善，似有意收攬蛇王，故我下令殺之。」李沈舟目中第一次有一絲毫、一些微的憤然：

「所以，也因此暴露了行蹤。」

銀瓶奇道：「那末說，這裡並沒有『忘情天書』這一回事了？」

李沈舟笑道：「『忘情天書』倒沒有，『無極仙丹』卻是先鬧了十幾條人命。」

銀瓶道：「不管有沒有，我們還是武當派的人，武當那一宗血案，還是要血債血償的。」

李沈舟笑道：「武林中以牙還牙，以血還血，本就是常事……兩位劍，掌，功力三大絕，在下早如雷貫耳，但兩位也知不知道。在我幫內，本有四大護法……」

銀瓶變色道：「『九手神鷹』孫金猿和『翻天蛟』沈潛龍早已死了……」

李沈舟卻緊接著說：「還有藍放晴、白丹書二人……」

只聽鐵騎、銀瓶二人一齊叫了出來：「東一劍、西一劍？」

李沈舟笑道：「正是。」

鐵騎、銀瓶有他們的當年。他們年輕的時候，更好勇鬥狠，所向無敵。但也有一對難兄難弟，像他倆一樣，在江湖上大大有名。

那便是著名的「東一劍，西一劍」。

東劍藍放晴，西劍白丹書，他們兩人，在江湖上曾製造了不少血腥風暴，當然這一步逼使東一劍、西一劍終於與鐵騎、銀瓶對決的到來。

他們就在天山一戰。

這一戰下來，真是驚天動地。四人都還活著，但從今以後，鐵騎、銀瓶潛心修道，東一劍、西一劍也歸屬權力幫，不再似昔時之連袂闖蕩江湖，肆無禁忌。

這一戰對這四個人，影響都極大，使得他們都一度萌生退志。但這兩對人，卻始終誰也沒服過誰，他們知道彼此還活著，就不斷地苦練下去，也許就是爲了日後免不了的一戰。

而今這必屆的一戰，居然來了，而且就在今日。

這時忽聽「啌噹」一聲，置在金頂崖邊的鐘，突然飛起，裡面出現兩道電一般的閃光，飛奪鐵騎，銀瓶之脊樑！

藍放晴、白丹書的劍法，幾乎可以算是近百年武林中兩個絕異的人，他們劍法走詭奇、倏忽、快急一路，迄今邪派劍術之中，尚無人能超越過他們的。

鐵騎、銀瓶二人，出名的掌、劍、內功三絕，劍法乃得武當陰柔之正宗，掌法以得武當綿柔內勁的顛峰，至於功力，造詣之高，恐怕猶在邵流淚之上。

鐵騎、銀瓶二人，素知東一劍、西一劍犀利，如單打獨鬥，正面相搏，其結果未可預知。

可是這一剎，大變驟然來。

那口巨鐘內，竟然就是東一劍、西一劍藏身之處。

兩道劍光，微若螢火，但迅若急電，已刺入了鐵騎、銀瓶的脊樑內。

東一劍、西一劍兩劍皆命中。

就在這瞬間，鐵騎，銀瓶內力的深厚，才完全顯露出來。

他們一齊轉身。

東一劍、西一劍「啪啪」兩聲，兩劍齊折。

劍尖仍留在鐵騎、銀瓶背內。

鐵騎、銀瓶迴身，出劍。

東一劍、西一劍運用斷劍，一格。

鐵騎、銀瓶出掌。

掌勁「嗟」地打在東一劍、西一劍胸口上。

然後東一劍、西一劍的身軀就飛了出去，飛過之處，濺灑了鮮血。

但二人身子尚未到地，突然一扭，又向山下掠去。

鐵騎怒喝：「別逃——」聲音忽啞。

銀瓶斷喝：「追——」聲音已嘻。

兩人蹌蹌踉踉，但身法依然十分迅快，直追而去。

場中只不過一下子，又沒這四人的蹤影，就似一場來得快又去無痕的噩夢一般。

地上仍是留有觸目驚心的鮮血。

有的是東一劍、西一劍兩大高手的身上淌出來的，有的是鐵騎、銀瓶兩老前輩身上淌出來的，更有的是武林群豪在捨死忘生的爭鬥時所流下的。

在場中眼光銳利的高手都看得出來：——

東一劍、西一劍雖施暗襲，但武功與銀瓶、鐵騎，絕不致相差太遠。

現下東一劍、西一劍身負重傷，權力幫僅賸的兩大護法，只怕難存了，但武當派的兩個耆宿，只怕也是一樣。

對付這兩名武功絕世的道人，李沈舟由始到終，都沒有出過手。

蕭秋水忍不住道：「不公平。這不公平！」

李沈舟偏首問：「怎樣不公平？」

蕭秋水跺足道：「這就是你的部下！偷襲鐵騎、銀瓶，算什麼英雄好漢！」

李沈舟側臉道：「東一劍、西一劍與鐵騎、銀瓶武功相仿，但稍遜半籌，這我是知道的，他們同時也是宿敵，白丹書，藍放晴二人要殺兩個老道，那絕對是力有未逮的，難道我硬要規定他們面對面一對一的交手嗎？那豈不是置這二個替權力幫立過不少汗馬功勞的人於死地？如果是你的兄弟朋友，你又忍心這麼做嗎？所以我既不鼓勵，也不阻止；我不出手，已經是很好的了。如果是你的弟兄，眼看要死了，姑不論他們出手得光明不光明，但你能忍得住不插手嗎？嗯？」

蕭秋水一時無言。李沈舟笑笑又道：

「其實要作爲一個武林高手，首先要耳聽八方，眼觀六路，而且隨時防患於未然，更常先置自己於絕地……鐵騎、銀瓶，武功雖高，但未免太天真，還不適合存活於這險詐江湖。」

蕭秋水沈默良久，終於抬頭，目中閃耀著精厲的光芒：「我不知道你說得對不對，但貴幫之所以腐敗，子弟之所以聲名極惡，也就是爲了這個，隨時可以爲目的而不擇手段，甚至改變了原則來遷就手段，並不惜棄信背義。」

李沈舟長笑道：「一門一派，是非曲直，豈有如此簡單易辨？聞少林一脈，門戶森嚴，門規更是天下聞名，但也出了木蟬、木蝶這等賣友求榮的人……」李沈舟緩聲道：

「木葉、豹象兩位大師，可以爲然？」

他的聲音雖平和，但悠悠地傳了開去，只聽山間傳來了極深厚，端靜的聲音：

「阿彌陀佛，人誰無惡，唯佛是善。」

只見山上不知何時，已多了兩名僧人。一名僧人，滿臉皺紋，形同朽木，但雙目湛然，背負長形布包。另一名僧人，十分精悍，黑鬚滿腮，但目光甚是慈和，腰掛戒刀。

李沈舟笑道：「這次峨嵋金頂，真是熱鬧，衝著我李沈舟的面子，竟來了這麼多前輩高人。」

在場中的武林高手，聽說是木葉、豹象兩位大師前來，都紛紛為之動容。

原來少林寺除了行蹤詭祕，不知尚在人間否的抱殘長老外，還有七大名僧：他們師兄弟七人，在少林寺中各掌要職，名滿江湖，天正便是大師兄，也是武功最高者，卻已在蕭家劍廬中，為權力幫徒所伏殺。

其他二師兄木葉，掌少林達摩堂、藏經樓要職，儼然少林派副掌門人之勢。三師兄木蟬，掌羅漢、懺悔二堂要務。四師兄木蝶，則掌誦經堂。後來這木蟬、木蝶二人，皆是柳隨風之手下大將、終為武當太禪真人所殺。

五師兄地極，掌理少林寺監。六師兄龍虎，為少林掌刑，卻為叛逆殺於川中。七師弟豹象，掌任普渡堂。現下天正、木蟬、木蝶、龍虎紛紛已逝，剩下的只有木葉和地極、豹象三人。

而今豹象與木葉，已經上了峨嵋金頂。

蕭秋水忽然想到很多事情。

他想到幾場他所經歷過的大戰役。

——蕭家劍廬與權力幫之對峙，一公亭中：「四絕一君」、十九神魔和自己一組人之對抗。五龍亭裡：兩廣十虎、權力幫和自己的一夥人廝鬥。別傳寺內：權力幫「八大天王」中的高手和朱大天王的手下之廝殺……

——還有重返浣花蕭家時，古深、齊公子、八大門派高手、大俠梁斗等與權力幫「八大天王」中的四大天王之一役，到了後來，連少林天正、龍虎、武當太禪、守闕都出動了，還引出了柳隨風，和他的「一殺、雙翅、三鳳凰……」

但今天的情況，更加劇烈。

峨嵋金頂上，聚集了四大門派掌門，以及各路豪傑，還來了少林高僧木葉與豹象，武當耆宿鐵騎與銀瓶，朱大天王的長老章殘金、萬碎玉，甚至還有權力幫的兩大護法：東一劍和西一劍。

——好像有什麼大氣象，正在逼近……

蕭秋水不禁挑上了雙眉。

他發現李沈舟正在怪有趣地望著他。

大敵當前，李沈舟不去注意木葉與豹象，反而在注意他。

李沈舟又問了一句更令他費解的話。

「你知道我最喜歡用的是什麼武器？」

蕭秋水搖頭。

李沈舟微笑著，舉起他一雙拳頭。

他的手秀氣，他的手指有力，他的掌色紅潤。

他的手指長而膚色白。

他那既像寫詩，更像畫畫者的手。

可是他握緊了拳頭。

「我不相信武器；」他說：

「我只相信我的拳頭。」

「拳就是權。」

「握拳就是握權。」

「出拳有力就是權力！」

「小人物不可一日無錢，唯大丈夫不可一日無權！——所以我們比昔年的金錢幫更氣盛更強大更人才濟濟！」

「所以我只相信我的拳頭！」

李沈舟握著拳轉過身去，遙對豹象和木葉。

「少林寺對天正被殺之事，一直耿耿於懷，最主要是因爲貴派方丈，武功可說已臻超凡入聖之境界，若不是死於暗算，是不可能敗北的。」

木葉細聆到這裡，低說了一聲：「善哉。」

李沈舟笑道：「少林數百年來名震天下，獨樹一格，向未見什麼門派能把少林的實力消滅，這次天正既歿，但仍有木葉大師在，確是少林之福。」

木葉道：「施主過獎。」

李沈舟道：「大師未出家時，是著名的『心明活殺派』的才子，劍術已到了能禦劍、馭劍、心劍合一的地步，而且也是一代暗器名家，『滿天星』、『雨灑長街』這幾位暗器前輩，都曾在大師手下吃過大虧。」

木葉淡淡一笑，「可惜後來遇上唐老奶奶，沒一個照面就敗下陣來。」

李沈舟笑道：「唐老奶奶絕足江湖，武功神祕莫測，大師能在她手下活命，已實屬難得。」李沈舟淡淡定定地道：

「所以在下要與大師過招交手，定必要非常小心，非常的小心。」

木葉大師臉上緊皺的紋似乎鬆弛了一些，精悍的目色略帶一絲藹意，道：

「李幫主盡管出手無妨，貧僧能不開殺戒，就盡可不造殺孽。」

李沈舟一揖，微笑道：「謝了。」

木葉大師雙目仍如電光，盯住李沈舟，道：「今日我不找你，幫主也定找上少林，所以請恕貧僧放肆。」

李沈舟微笑，信步行入場內。

眾人紛紛讓出一大片空地來。

李沈舟衣袂飄飄，白衣悠然，微笑候於場中。

本葉大師長唸：「阿彌陀佛。」向豹象大師深深一揖，豹象道：「方丈保重。」

木葉道：「如果不測，主持之職，還要師弟勞心。」

豹象惶然搖首。「師兄不可說這不吉利的話。」

木葉道：「無所謂吉或不吉，我有劍，乃慧劍，劍斬一切妄幻。少林大業，尚要師弟垂顧。」

豹象淒然道：「是。」

木葉緩步而入場中，沈靜堅忍得就如一塊木石。

風來。木葉的僧袍飄，李沈舟的衣袂飄。眾人圍觀的心，也猶似被風吹送出了口腔。

木葉猶如朽木，朽木不動，任風吹過。

李沈舟卻如不存在的事物一般，只存在於空無之中。

蕭秋水看得手心發汗。他想，要是柳五柳隨風在場，雖猶如一縷清風，但衣袂、木葉、紅塵見處，尚可覺察人在身在；李沈舟的形神則如那青衣江上的一葉扁舟，已融入了天地之間。

他不明白李沈舟如何竟能達到這種高深的修爲。

這是武林中極重要的一戰。

白道中僅存的實力：少林寺代任掌門，佛法高深、武功淵博的木葉大師，要與名震天下，且執武林牛耳的第一大幫幫主李沈舟決戰。

這一場戰役，局面是如何，真不堪設想，但圍觀之人，明知冒險，但仍無一不想目睹此場戰役，無一願意離開。

李沈舟微笑道：「大師，你的慧劍呢？」

木葉緩緩解上背揹的長包，一層又一層地，解開那極沈重的布裹。

他一面解開，一面說話。

「這劍是一流的劍，是從一位武林朋友處借來殺你的。」

「我以前練劍，後來能禦劍，禦劍時已鮮逢敵手。」

李沈舟虛心的應：「是。」

木葉又道：「未出家前，我已練得馭劍之術，創『心明活殺』劍法，當時可謂劍術之翹楚，而當之無愧。」

李沈舟似乎毫不驚訝木葉大師的自讚自誇，反而唯唯稱是。

木葉接道：「但我劍術的真正開始，乃在少林。在少林我練得慧劍。慧劍乃斬一切牽絆。即劍就是佛。」

這時他的包裹已解至最後一層。那長形的物體必定是極端珍貴的劍。這未出家前已是一流的劍客仰天憬然道：

「後來我再得天正方丈大師兄的指點，又突破了『慧劍』的階段，成了『無劍』。」

「無劍」兩個字一出口，他的手突然伸出！

他的手發出了香火一般的光彩。

他的手融於火、調於水、溶透天地。

他的手就是劍！

甚至不是劍！

而是無劍！

那包裹有沒有劍，已不重要。

木葉的手才是劍。

木葉一出劍，李沈舟就倒飛出去。

眾人讓出那一大片空地，空地上空有串串茅花飛過，煞是好看！

李沈舟的身形就如茅花，不像他自身捲起的，而是被風吹起的。

他突然倒後而飛，白衣遮住了太陽，成了黑的物體。

太陽被遮，木葉臉上籠罩了陰影。

他一面疾退，一面發出暗器。六七十種暗器。

但李沈舟沒有追擊。

太陽又是一亮，李沈舟已落了下來。

他落到人群的第一欄去，突然揮拳，打倒了一人。

倒下的人赫然就是豹象大師。

豹象大師蹄地吐血，他手上已握著一柄閃亮寒芒的戒刀。

李沈舟在他出手之前擊倒了他。

陸　木葉豹象・章殘金萬碎玉

李沈舟不先打擊木葉，而先擊倒豹象，就是因爲他已看出，這少林新任掌門木葉大師的劍法，已臻化境。

所以他一說話，先讚美木葉，道出木葉大師的武功實力，讓木葉、豹象等人俱錯以爲李沈舟必聚精會神，決戰木葉，殊不知李沈舟第一個先要剪除的是豹象大師。

豹象大師，自幼投師少林，爲少林和尚中，殺性最強、殺氣最大的一人，但他爲人品性剽悍，雖每造殺戮後，皆十分懺疚。他的一口戒刀，曾擊退過十次以上對少林的迫犯，適才木葉向李沈舟出手之際，豹象已操戒刀在手。

但李沈舟猝然倒飛，不管他是否會爲衛護木葉而前後夾擊，先擊中了他。

豹象大師倒下。

這時木葉大師漫天的暗器紛紛落地。

李沈舟步如飛燕，淩空反抄，暗器如雨，落在他翻飛的雙袖裡。

木葉大師見豹象倒地，目眥欲裂。

他猛剝開最後一層布帛，只有劍，沒有鞘。

這已是真劍，不是無劍，而是有劍。

木葉殺心已起。

李沈舟忽然袖子一捲，已在圍觀的一道人腰畔抽出一柄長劍。

這下鵲起鶻落，真是迅雷不及掩耳。

道人只見眼前人影一閃，白衣倏飄，李沈舟已竄向木葉。

木葉刺出一劍。

無空、無活、無生、無命。

這一劍盡是死機。

死氣自劍鋒帶起。

可是死意陡止。

李沈舟手中的鞘，及時套住了木葉的劍。

木葉的劍有了鞘，等於裹起了層層布包。

這劍又回復了它「無」的狀態。

它縱有力量，已發揮不出，所以一切又活了。

所以木葉只好死了。

木葉的確不同等閒，在這種時候，他居然還打出暗器。十七八種暗器。

李沈舟要殺他，必須要付出代價。生命的代價。

可是李沈舟一攤手，也發出了暗器。

剛才他接的暗器，木葉的暗器。

一刹那暗器全部射了回去，有的迴旋，有的急轉，有的反彈，有的劇撞，全都打在一起，把木葉的暗器全打落了下去。

然後李沈舟的拳頭，就似閃電一般快，迅雷一般有力，擊中了他。

木葉萎然倒下。

如同一張朽葉一般。

李沈舟輕鬆地拍手，沒有絲毫驕態，但也不謙抑，只是悠閒地踱回場中。

就在這時，意想不到地，木葉、豹象兩位大師自地上急躍而起。

木葉大師是藏經樓主管，他通曉無數心法內息的修練，所以李沈舟的拳頭，雖已震碎了他的五臟六腑，卻不能使他立即死亡。

豹象大師則練就一身銅皮鐵骨。李沈舟搏打他時，仍存待大部份精神留意木葉大師的出手，並未用盡全力，李沈舟的一拳，只擊裂了他的肺腑經脈，亦未能即刻使之斃命。

他們倒地，直至培養起一口氣，倏然掠起，力撲下山。

李沈舟回首時，他們已搶出了人群。

李沈舟沒有追。

蕭秋水卻「咦」了一聲。

原來木葉大師適才踣地的所在，留有那柄劍。

那柄劍落地時，又與劍鞘脫離：那麼好的劍，那道人的劍鞘根本罩它不住。暫時使它消失了光芒的是李沈舟神奇的手，而並非劍鞘。

那柄劍斑剝、陳舊、古意，只有劍鋒口一處，隱冷地閃著，一種似波光似水光但又如毒蛇藍牙般的寒芒。

這柄劍蕭秋水認得。

而且非常熟悉。

因為這柄劍就是寶劍「長歌」。

蕭家。劍廬。見天洞。神像前。

七星燈火晃閃，供奉拜祭的三牲禮酒，架有一柄劍。

一柄蕭家歷代風雲人物闖蕩江湖的佩劍。

從架著的劍身之斑剝、陳舊、古意，可以見出這些已物化的英雄人物昔日種種風雲事跡。

蕭家祠供前所奉祭的，就是這柄劍。

古劍「長歌」。

古劍長歌！

蕭家的鎮門寶劍，竟落在少林代理掌門木葉大師的手上！

蕭秋水馬上閃過木葉大師適才的話語：

「這劍是一流的劍，是從一位武林朋友處借來殺你的。」

長歌寶劍既在木葉手中出現，莫非父母的行蹤跟少林也有關係!?

蕭秋水因想到這裡，幾乎忍不住跳了起來。

他真的一面跳起來，一邊叫喚，一邊追。

可是負重傷遁逃的木葉和豹象大師，又哪裡能因他的呼喚而停止。

蕭秋水見父母可能有消息，心急如焚，不顧一切，一手抄起地上的劍，狠命追去。

蕭秋水內力雖強，輕功卻不高，少林高僧大都在嵩山奇崖上下習過輕功提縱術，既發足在先，蕭秋水就很難追得上，但蕭秋水好不容易得到一點父母親的線索，怎可輕易放棄，於是發足力追。

蕭秋水一路追去，開始猶見地上血跡，再追下去，只有憑直覺判斷，他揣摸受傷者的情理與行蹤，經過了來時的騎鶴鑽天坡，到了著名的九老洞。

原來峨嵋山志上載：峨嵋山有七十二洞，其中以「九老仙府」稱著，位於峨嵋最幽勝處，寺宇依山峰而立，故名「山峰寺」，寺瓦是銀製，並在萬曆時御賜大藏經全部，貝葉經、菩提葉經，均由天竺迎來寺中。

相傳軒轅黃帝未訪廣成子前，先遇見九老洞的九老人，問其姓名，則為天堇、天任，天柱，天心、天輔，天沖、天富、天蓬、天因，軒轅因之題此洞為「九老仙府」。

九老洞財神殿旁，有許多小洞，其中一洞，可通達洗象池甚至筆架山，並有「神水」可療惡疾，但洞小非蛇行匍匐前行不可，並岔路極多，走錯者極難回出，故屍骨填塞洞間者甚眾。

九老洞又有東西二入口，洞內黝黯，霧氣蒸騰，蝙蝠飛翔，蛇鼠匿伏，在當時很少人敢進去探索。

蕭秋水追到那兒，突然聽到掌風和劍風的聲音。

蕭秋水從來沒有聽過如此凌厲的掌風和如此犀利的劍風聲。

劍風響起時，蕭秋水的耳朵幾有被撕裂的感覺，掌風迴盪時，如同大鎚敲擊在心腔上。

蕭秋水見過龍虎大師的「霹靂雷霆」，也目睹過屈寒山的「無劍之劍」，但前者與現在的掌風與劍風一比，都變成了如同小兒持木劍追打嬉戲一般。

然後他就看到了一個驚心動魄的場面。

洞中有八個人在竭力廝鬥。

這八個人都盤膝而坐，頭頂上白煙裊裊，雖都是一流武林高手的氣態，但是都似到了油盡燈枯的時候。

這八個人不是別人，都是蕭秋水所熟悉的人。

這八人赫然就是：鐵騎、銀瓶、木葉、豹象以及東一劍、西一劍和章殘金、萬碎玉。

現刻的場面所形成的對峙是：武當的兩名耆宿和少林的兩名主持當然聯手，而朱大天王的兩名長老和李沈舟的兩名護法，也正在並肩作戰。

共同點是：這八人，都受了傷。

東一劍、西一劍乃給鐵騎、銀瓶所掌傷；鐵騎、銀瓶背部亦為藍放晴、白丹書二人所刺中背脊；章殘金、萬碎玉、木葉、豹象四人則俱為李沈舟所傷。

現刻這八個人，亦即是雄霸一方的五宗大派中地位極高的老前輩：卻因為各種不同的狀況負了重傷，又因各所持的立場而拚搏起來。

蕭秋水到的時候，拚鬥已近尾聲。

人人萎然垂坐，汗濕全身，頹然無力。

蕭秋水跪拜過去，扶著木葉，急問：

「大師、大師，你醒醒，晚輩有事請教……」

木葉的眼光，已缺了神采，勉強舉目問：「你……施主何人……」

蕭秋水正想答話，銀瓶卻一眼已瞥見了他，叫道：「小子……你……過來……」

蕭秋水趨近過去，銀瓶氣喘吁吁地道：「你來得……正好……真好……我是受了傷，要不然……我和鐵老兒的掌……劍……內功……三絕，天下無人能……及……」

蕭秋水見對方氣息若如遊絲，知其難久於人世，黯然應道：「是……是……」

銀瓶怪眼一翻，啐道：「是又何用！快……我跟你投緣，我把內功心法都傳你，你要證實給……給後世的人看！」

蕭秋水悚然一驚。鐵騎接道：「我……傳你掌功……劍法，你去跟我宰了他們！」

蕭秋水慌忙搖首：「道長，道長……我……我不是武當弟子，怎能……？」

鐵騎費力喝道：「胡說！傳功全靠機緣，不一定同門同宗，武當近年來沒有人才……你小子有才份，正好傳我倆的衣缽……你……你不受也不成！」

蕭秋水還想拒絕，但鐵騎，銀瓶二人，已不管一切，向他解說內功心法、劍氣掌勁起來，蕭秋水情知這是絕代奇功，而且也是千載難逢的機會，這兩位武林前輩眼看就要不支，蓋世奇功眼看就要絕滅，蕭秋水更不忍拂逆，所以他用心聽，全神去記。

蕭秋水記性強過人，但一直未曾好好練過武，但他因內功殊強，再修練其他武學。便是十分容易。可謂一點就通，開始只是存心不想忤拂鐵騎、銀瓶的好意，但一且聽得入神後、便渾然忘我，潛心進修了。

如此約莫一個對時，鐵騎、銀瓶一面以一手抵住蕭秋水之「命門穴」、「龍虎穴」，一面授以武功心法，蕭秋水一面強記死背，一面設法融會貫通，一面感覺到內力源源湧來。

又過了一個對時，蕭秋水大汗涔涔，猶如自大夢醒來，發覺鐵騎、銀瓶已經坐化，他大吃一驚，卻聽一人靜靜道：

「你本來爲啥事找老僧？」

蕭秋水一看，原來是木葉大師。

蕭秋水馬上記起他追來這裡的目的，忙遽劍恭問：「大師，晚輩是浣花劍派第三代弟子蕭秋水……」

木葉「哦」了一聲道：「原來是蕭檀樾之子……」他臉色慘白，遍無血色，唇邊仍不斷湧溢出鮮血。

蕭秋水忙問：「晚輩目睹大師以此劍戰李沈舟，但此劍原屬家嚴所有，不知……」

木葉苦笑道：「正是，你父親偕同令堂等人，自劍廬地道，脫困而出，潛來少林，本來……」

蕭秋水急問：「本來怎樣？」

木葉歎道：「本來已逃脫權力幫之追蹤，卻不知爲何，讓朱大天王得悉，沿途截殺，浣花一脈，全軍覆沒……阿彌陀佛。」

蕭秋水轟嚨一聲，只覺腦門一陣漆黑，真如金星直冒，只覺找遍了千山萬水，忽然都絕了路，絕了路了。

木葉歎道：「我與七師弟遇上令尊時，他已奄奄一息，告訴我『天下英雄令』還留在劍廬，幸好沒有攜帶出來，否則必給朱大天王搜去，而岳太夫人……卻已被金人所擄……」

豹象大師接著道：「令尊把浣花寶劍交給我們，囑我們要尋回『天下英雄令』我們趕到浣花溪，才發覺方丈大師兄、福建少林主持等皆已被殺，故趕來峨嵋，決意要李沈舟交還箇公道，可惜……」

豹象說到這裡，一口氣接不下去。

蕭秋水呆立原地，也看不出特別的悲傷。

他靜靜地的看著木葉和豹象，這兩大武林高手，爲天下第一大幫幫主李沈舟所重擊，已瀕臨死亡邊緣。

木葉忽然膽魄一寒，並不是由自他此刻身體的殘弱，而感覺出一種從未遇到的駭人怖人的殺氣，來自蕭秋水含淚的雙眸。

蕭秋水再望向倒於地上的鐵騎、銀瓶的屍首……能掌握武林力挽狂瀾奮救天下的正道人物，難道都這麼一個個都……！

蕭秋水忽然跪了下去，「咚咚咚」叩了三個響頭。

木葉困難地道：「我知道你想求我什麼。」他向豹象艱難地說：

「少林與武當，同爲武林正宗，然各有歸依，至多聯手禦敵，向未結合聯盟，所奉所信亦自相異，無法合一同心，想是天意……只可惜兩派武藝，博瀚深遠，也因各持己見，未能融合貫通，今日我倆既無望生回少林，不如……」

豹象大師默然良久。「我少林及武當精英，盡歿於近日的江湖變動中，武林大局，確要人掌持……，就算悖了門規，但爲了天下人之福祉，我們也要違悖一次了……至於……至於兩家所長，能否貫通合一，成一代宗師，則要看施主的天資福份了……」

木葉微笑道：「如此甚是。你起來。」

蕭秋水茫然起立，木葉大師道：

「你殺性太強，易喜易怒，本不合於佛門子弟，亦不適於道教門人，但要對付權力幫、朱大天王這等人，則非要你這等人不可……」

木葉一隻手輕按蕭秋水額頂，語音低微，蕭秋水聚神靜聆，未幾二人如黏合一起，身上飄昇白煙裊裊……

豹象大師默誦一陣，也拊掌往木葉之背貼去，並傳少林練功絕技心法。

如此三人黏合在一起，也不知過了多少時候。

豹象大師「咕咚」一聲栽倒下去。

木葉大師長誦一聲，圓寂端然。

只有蕭秋水，瞑目未睜，依然在遞增的內力與劇變的武功中沈緬忘返。

又過了很久、很久、很久。

蕭秋水一躍而起，居然收勢不往，頭頂「砰」地撞在洞岩上。

這一下嚇得蕭秋水一跳，全力猛收，但額頂依然撞中堅硬的岩石，喙簌簌一陣連響，數塊岩石被撞得粉碎。

蕭秋水跌撞幾步，出得了洞，只見洞外猶有微弱的叱喝之聲。

蕭秋水定睛一看，只見四人已心有餘唯力不足，在奄奄一息中仍作殊死戰。

這四人居然就是章殘金、萬碎玉，與東一劍、西一劍。

鐵騎、銀瓶因悉心戮力使蕭秋水武功增進，所以早歿；木葉和豹象也因心力交瘁，使蕭秋水盡得真傳後亡斃。然而東一劍、西一劍與章殘金、萬碎玉卻拚搏至今，勝負未分。

蕭秋水才出來的時候，這四人已油盡燈枯，奄奄一息了。

東一劍藍放晴看見蕭秋水，竭力叫喚上，「喂，你來。」蕭秋水走了過去，藍放晴囔道：

「你給我過去，把他們給殺了，如果他往左閃，你走寅位，劍捏天子訣，右『白虎奔雷』，劍尖取他『保壽官』，如他往右閃，則『五環鴛鴦步』，右『採花燈』，左弓箭梢打，劍走中鋒，若他退後，扶掌攔劍、你抹劍走『天池勢』，橫掃他『採聽官』……」說到這裡，藍放晴叫道：

「這招就叫『白日飛昇』！」

蕭秋水聽著，不覺模擬起來，藍放晴等四人因已累倒，真氣耗盡，故能指點，不能出招。

蕭秋水深覺這一招高妙無窮，正在這時，那章殘金氣呼呼地道：

「喂，小夥子，要是你使那一招，我既不退也不閃，右掌作切，左掌使斬，向劍身劍腹施壓力，扳刺你的『凌靈』、『福堂』，兼打『奸門』、『天倉』，那老鬼所教的一招，不是全都破了!?」

蕭秋水本覺東一劍那一招「白日飛昇」，已是精妙無窮，如今一聽章殘金的拳招，才知道是破解得天衣無縫，而且反擊得令人無法招架。

只聽章殘金叫道：「這招叫『殘金破兵』，便宜你了，小子！」

四人爲爭一時之意氣，鬥爭方酣。這時只聽西一劍白丹書叫道：「不怕。小子，你以右肘反撞，迴打『中堂』，踏子午馬、再轉燈籠步，突然上路出劍，以九道劍花奪其『山根』。記往，劍出要快直，但劍意如太極，意在圓先。」

白丹書一般一說，蕭秋水忙深思默記。這時章殘金一聽之下，神色揪然。蕭秋水豁然而通，幾次喜得飛跳起來，這招的確是制住剛才那一招「殘金破兵」的最好方法。蕭秋水喜問：

「這招叫什麼名堂來著？」

白丹書道：「『書劍恩仇』！」

原來東劍藍放晴、西劍白丹書是權力幫的護法，數十年來，跟朱大天王部的長老章殘金、萬碎玉鬥得你死我活，也成了棋逢敵手，各人研究的招法，亦幾乎即爲剋制對方的招路而設的。藍、白二人著重劍法，章、萬則注重掌式，正好打個棋鼓相當、都俱爲劍掌之菁華。

章殘金一時慘然，萬碎玉卻在稍加思索後，即道：「有了，他納氣退七尺閃開六尺……」

蕭秋水不解，即問：「吸氣又怎能先閃後避共十三尺呢？」

萬碎玉被打斷，甚是不喜，怒叱：「傻瓜，你氣納丹田的動作，分兩次做，一次由鼻嘴吐納一次由毛孔呼出，退時以踝運力，閃時則用趾步控制不就行了？只要有三十年以上的內力修爲便得了。」

蕭秋水十分聰明，一聽就懂，但這種掌路身法卻十分逆行倒施，蕭秋水一時也無及多想，萬碎玉接道：

「你再施分筋錯穴手，拿他左腕，但沈肘反蹲，跳虎步上，右掌穿插他『旗門穴』，左掌劈臉……這招叫『玉石俱滅』。」

蕭秋水稍爲一呆道：「不可能。既是『虎跳』，如何取『旗門』……」

萬碎玉怒罵：「小兔崽子，虎跳時沈膝走玉環步不就得了!?」

蕭秋水一聽，完全通曉，大喜謝道：「謝謝前輩指教，這招連消帶打，確能破去『書劍恩仇』！」

只聽東一劍叱道：「胡說。我只要走卯位，起震位，出掌雙鋒貫耳……」

這四人輪流爭講下去，雖無法動手，但依然要在一個青年陌生人面前爭個長短，也不顧別人學到了多少。到了最後，四人心生恐懼，怕自己無招解對敵招，蕭秋水即可過來殺掉自己，所以更把家傳法寶絕招都抬了出來，而蕭秋水又天生聰悟，加上四大高手指點，只要一點不明，四人便爭相糾正。四人猶如泥足深陷，愈吐露愈多的祕技，簡直不可收拾。

這四大高手的劍法、掌法，確實是冠絕天下，蕭秋水默記吸收，真是受益良多。直迄四人聲音逐漸低微了下去，原來各已油盡燈枯，心力全耗，而他們大部分絕藝，已皆傳授到蕭秋水身上去了。

他們起初指點得非常之快，後來愈說愈慢，因一般或熟稔的招式都已使盡，他們必須公開絕招或再創新技，始能破解對方的高招。

但因此更是傷神。這四人已瀕臨死亡。章殘金這時正要思籌要擋白丹書的快劍連襲，苦思道：「……我先以左手『鐵閂門』，再平睜破排，以金剛出洞逼走……至於最後三劍……最後三劍嘛……」

白丹書的連劍共十七式，最後三劍尤其是「出劍如龍，收劍若松」，氣勢無盡，章殘金等一時想不到破解之法，其他三人亦然，章殘金只好說：

「我只好……用右鶴頂法拍打，右馬提……提到左馬之後，再起上……下莊搖虎勢……拚個……拚個同歸於盡……」

章殘金這一說，其他三人，都「呀」了一聲，但亦都無法可想，連萬碎玉出手相救，縱然各自棄招，也無法自救。

四人臉色慘變。蕭秋水一直在細聽，並比作招式，以求準確，現下忽然道：「爲何不走丹陽勢，以雙劍切橋，腳踢遊龍，向削來之劍勢闖破，反而能置之死地而復生呢？」

四人一時大悟，都喃喃喜道：「是……是……」章殘金側了側臉，皺眉道：「唔？不對，要是雙劍切橋，又如何遊龍步勢呢？」

蕭秋水一笑道：「把少林紮鐵橋馬之穩重，融入武當圓形弧勢發力於腰中，便可以完美無缺了。」

四人不禁都頷首恍悟。萬碎玉倏然臉色慘變，澀聲道：「你……你究竟是……是什麼人？」

原來四人都沈耽於彼此比鬥廝殺之中，毫不覺意蕭秋水這年青小夥子的本身，而今乍聞蕭秋水能斟悟破解他們的執迷處，盡皆失色！

但此刻蕭秋水已兼懷少林、武當、朱大天王、權力幫八大高手之所長，已經不是任何其中一人所能敵，更何況這四人俱已接近癱瘓垂死之邊緣呢！

蕭秋水道：「我是蕭秋水。」

東一劍藍放晴臉色慘白，呆住了半晌，忽然問：「如果九子連環，劍走官位，飛星拋月，左腳迫你之右趾，劍取印堂，……你怎麼破解？」

蕭秋水毫不猶疑答：「搶在劍先，劍尖飛刺來劍劍身，即可破之，是為『飛星刺月』，專破『飛星拋月』式。」

東劍藍放晴忽然長笑三聲，然後口吐鮮血，慘笑道：「很好，……很好。盡得我之真傳……沒想到我臨死前……還不明不白……收了這麼一個……天質聰悟的徒兒……」

藍放晴說完了這句話，猛噴出一口血箭，緩緩仆地。白丹書沈雄地瞪著蕭秋水，問：

「如果對劍法比你高強但膽氣不如你之劍手，要用什麼劍法對付？」

蕭秋水不假思索，即答：「劍鍔之劍。」

白丹書一怔，問：「何謂『劍鍔之劍』？」

蕭秋水神速地道：「即以拚命劍術，不惜以劍鍔作為打擊，如此神勇必能毀碎對方劍鋒之劍的銳氣。」

白丹書一拍大腿，斷喝一聲道：「好！可以成爲我西一劍高徒而無愧……」

話未說完，已斷了氣。

東一劍、西一劍先後斃命，只剩下章殘金和萬碎玉二人。

二人相顧良久。

章殘金問萬碎玉：「我們要不要問問他，看從我們那兒學了多少？」

萬碎玉道：「好。」

章殘金道：「你問罷。」

萬碎玉道：「真正的掌功，是掌的哪個部分？」

蕭秋水爽然答：「真正的掌功，是全身，不限於手掌一隅。」

萬碎玉滿意點頭。章殘金緊接著問：

「若一雙手掌被高手所制，你怎樣？」

「運掌勢於全身，反擊！」

「如因掌受制以致全身無法動彈？」

「則棄劍。」

「劍？」

「棄劍即棄掌。」

「棄掌!?」

「是。棄掌如棄履。」

章殘金望見萬碎玉，一字一句地道：

「夠狠，能果決，方才是掌法，他比我們還絕。」

萬碎玉沒有答，章殘金見他雙目緊閉，已沒了聲息，方才知道他已死了。

章殘金抬頭望向蕭秋水，道：「這便是名震天下的『殘金碎玉掌法』，你要好自爲之。」

蕭秋水道：「是。」

章殘金望向萬碎玉的屍身，又望向白丹書、藍放晴的遺體，苦笑道：

「幾十年來，一直到這幾日來……我們如生如死地拚鬥……而今卻有了一個共同的徒兒……」

他又笑了一下，笑意裡有無盡譏誚。「你們先上路了，怎能留我一人？……這世間路上，我們已走得厭了……黃泉好上路呀……」

他說著眺望山谷遠處的雲彩，喃喃道：

「真是寂寞……」

蕭秋水側了側耳，要向前去傾聽清楚，然而章殘金頭一歪，卻已死了。

蕭秋水在雲霧間的山坪上，緩緩拔出了古劍。

雲霧漸漸透來，似浸過了古劍，古劍若隱若現，終於看不見。

蕭秋水漸漸運真力於劍身。

劍身又漸漸清澈。

劍芒若水。

這劍身就似吸雲收霧一般，把雲霧都吸入劍之精華內。

「幾時，它才能飲血呢？」

——殺不盡的仇人頭，流不盡的英雄血！

蕭秋水望著靄靄白雲，想起很多很多的往事。父親英凜、慈藹、辛勞的臉孔，變得好大好大，罩住了天地，罩住了一切。他又彷彿見到他慈慧的母親，在繡著他的征衣。

……彷彿是炊煙直送，晚靄初蒞，母親在灶下煮飯，一道一道的菜餚，總是幾手抄撈，平凡的菜色也成了好菜。父親在咳聲中磨劍，在某次他發燒的時候，用溫厚的大手摸壓他的額頭。

……依稀是浣花一脈，眾子弟在刷洗準備過新年，男男女女，喜氣洋洋，並皆以不譜燒菜煮飯爲恥。聚在一起小賭怡情，亞嬸、阿霜逢賭必輸，阿黃最爛賭，有次病得起不了床，還是要上桌來賭，阿環、巴仔最不會賭，亂開亂下注，結果輸到「仆街」……爆竹聲響，一家歡樂融融，還有「十年會」的人，更是張燈結彩，幫忙打掃……

可是現在都沒了。

權力幫來了，摧毀了浣花劍廬。朱大天王截殺，殺害了父母，就在少林寺不遠處。

只剩下寂寥的蕭開雁，失蹤的蕭易人，沒有消息的蕭雪魚……

還有在這山頭上——蕭秋水和他的劍！

柒 英雄血！仇人頭！

人。斜飛入鬢的眉，深湛而悠遠，空負大志的眼神！

劍。三尺七寸，古鞘，劍鍔上細刻篆字「長歌」。

地。嵩山少林寺。

蕭秋水跪在墓碑之前，沒有慟哭，但淚流滿腮。

雪已在樹梢輕微消融。是雪來了嗎？

——是雪近了。

然而蕭秋水卻覺春寒料峭，忍不住抱緊雙臂。

他背插的劍，也沾滿了雪花。

古松旁，墓碑邊，有三個人。

這三個人已經等了很久很久了，他們知道，碑在，蕭秋水只要未死，就一定會來拜祭的。

他們是曾與蕭秋水「四兄弟」之一的左丘超然，以及廣東五虎之一寶安羅海牛，以及珠海殺仔三人。

蕭秋水緩緩自地上站起。

然後他向三人抱拳。

三人默默抱拳，向他行來。

殺仔還是不減當日威風，他小聲說話猶音粗若北風怒吼：「蕭大哥，我們兩廣八虎，已經約好了幫手，總聯絡處就設在湖南，專門對付權力幫、朱大天王等狗賊的。」

蕭秋水頷首道：「很好，很好。」目光即移向左丘超然。

珠海殺仔說得性起，繼續講下去：「我們就暫且把那組織稱作『神州結義』，乃沿用蕭大哥所創的名字……」

蕭秋水眼神一亮，道：「『神州結義』？」

殺仔「得」地一彈大拇指，摟著蕭秋水的肩膀，道：「對！就是『神州結義』！

我們這就去會合！」

蕭秋水道：「我？要我去……？」

殺仔道：「是瘋女、阿水姐她們要我和阿牛來接你的。」

羅海牛接著：「正是。他們現下就要開『長江大會』，挑選盟主，蕭大哥快去一趟。」

殺仔也甚得意道：「這些結集的人士，多是來自各地年輕武人，也有各派精英高手……他們都有膽識，不畏強權，但近日來敢以抗暴者，自然以蕭大哥爲最，你去，他們一定選你……」

「蕭大哥是眾望所歸；」羅海牛長袖善舞地說，聲音微帶顫抖：

「蕭大哥是人中豪傑，我等特來請您過去一趟，並願爲您效忠，至死不渝，如若違約，天打雷劈，橫屍神州……」

殺仔濃眉一斂道：「阿牛你又何必出口那麼重呢。」

羅海牛淡然道：「因爲我問心無愧。」

蕭秋水一直被二人七口八舌地纏得騰不過來，好不容易才搶了這個機會問左丘超然：

「你不是與梁大哥等一道嗎？他們呢？到哪裡去了！我一直在找，找上了金頂……」

左丘超然木然。

蕭秋水再問：「左丘，你……」

倏然之間，左丘超然出手。

一出手，左手拿住蕭秋水尺撓二骨上的「曲尺穴」，右手拿住肩部肩胛骨與鎖骨，「肩井穴」，左膝頂往左肋尾端之「笑腰穴」，右腳踩住足部之「湧泉穴」，一下子，制住蕭秋水四處要穴。

蕭秋水嘎聲道：「爲什麼……」

左丘超然冷冷地道：「我不是權力幫的人。」

蕭秋水啞聲道，「你究竟是誰？」

左丘超然道：「我是朱大天王義子，我要拿的是『天下英雄令』。」

珠海殺仔一聽，怒眉上揚，眼睜得銅鈴般大，「呀」了一聲，大步踏來，伸手往左丘超然後襟上一揪，罵道：

「你媽的王八兔崽兒子，你居然是朱大天王的夥計混出來的臥底？你他媽的孬種孬到咱『神州結義』來了!?你有沒帶眼識人呀你？我珠海阿殺只要在，就捶扁你的豬腦袋……」

左丘超然默然，依然只用手擒住蕭秋水，既沒避，也不擋格。

蕭秋水心中閃過一絲不祥之感覺。

就在殺仔大手觸及左丘超然剎那，羅海牛閃電般拔出殺仔腰掛的石鎚與鐵釘，在阿殺愕然回身之際，他一釘就插在殺仔心口，血濺如雨，殺仔怵不敢信，羅海牛森冷著白臉，一鎚就釘了下去。

殺仔的慘叫，動地驚天。

蕭秋水就算還能出手，也看得出殺仔已無活命之望了。

殺仔捂胸喘息著，說一個字，流一口血：

「你們……你……」他兩邊都狠狠地瞪著，終於帶血的手指罵向羅海牛。

「我……我做鬼都不……放過……你……」

然後他就倒了下去。鮮血流濕了一大片，整大片的青苔和冰屑。

蕭秋水冷然。

羅海牛陰毒的眼神望向蕭秋水，滿手沾血，一手持鎚，一手執釘，向蕭秋水一步一步走來，並且喋喋笑了起來。

蕭秋水覺得那笑聲好像那已死去的唐朋，他幽魂而且全是惡的一面呈現在面前——可是他並沒有毛骨悚然。他冷冷地望著他，比他隨便望著一條狗的眼神還冷冽十倍。

羅海牛喋喋笑咧了口，萬分得意地道：

「你又猜我是誰？」

蕭秋水忽然道：「你知道我最喜歡什麼人？」

羅海牛見蕭秋水居然在這種情況之下，還問得出這樣一句話，真是嚇了一跳，向左丘超然打了個眼色，左丘超然表示已拿得穩實時，他才敢答話：

「我怎知道。」

蕭秋水道：「我最喜歡的人，是仁、義、忠、信之士。最恨的人，是不忠、不義、不信、不仁之徒；」蕭秋水又補充了一句：

「但這些都不是你。」

羅海牛當然不會自作多情到以爲蕭秋水在讚他。

可是蕭秋水也沒有罵他，所以他笑道：

「原來你不恨我。」

蕭秋水也笑道：「我當然不恨你；」他笑著又加了一句：

「因爲你根本不是人。」

他微笑望著因氣而慘白了臉斜著鼻子的羅海牛，又輕輕問了一句：

「殺害自己兄弟的人，能算作人嗎？」

羅海牛忍無可忍。他一緊張，全身就抖，這可能是因爲小時候有羊癲症之故。他很想長袖善舞，卻總是舞不開來，他好久才從牙齦中迸出幾個字：

「左丘，殺了他！」

然而左丘超然沒有立刻下手。

羅海牛氣得抖得像隻冷凍了一夜的禿毛狗，忿然切叫：

「殺了他才搜『天下英雄令』！」

左丘超然還是沒有做。

羅海牛怒極，抖著聲音叱喝：

「你不忍做，我做！」

他拿著釘鎚，大步走過來。

就在這時，他忽然發覺左丘超然眼色有些不對。

左丘超然在制著蕭秋水，但他的眼神是哀憐的。

蕭秋水卻眼神悠遠。

等他發覺的時候，已經來不及了⋯⋯

左丘超然鬆軟如一團麵粉般散垮下去。

羅海牛第一個意念想走，但因離蕭秋水已太近，手中又拿著武器，而且他見過蕭秋水出手，以爲一定制得住對方，所以大喝一聲，釘鎚齊鑿——

就在這刹那——

羅海牛的腰背上「突」地凸露了一截劍尖。

明亮的劍尖。

如雪一般的劍尖。

發著水波一般的漾光。

血溢出，掉落在草地上，腥紅一片，但劍的本身，卻絲毫沒有沾血。

只是雪花恰在這時飄落劍尖上，劍尖上有雪。

只沾雪，不染血。

——寶劍「長歌」。

羅海牛的喉頭裡格格有聲，也許他還想強笑「喋喋」幾聲罷，然而此刻已經再也笑不出來聲音來，反而笑出血來了。

蕭秋水冷冷地望著他，道：「這是你出賣兄弟，所得的報應。」

他「嗖」地抽回長歌劍。劍身依然一片清亮，「我殺了你來祭我的劍。」蕭秋水又說：

「它第一次就飲你這種非人的血。」

羅海牛似乎拚命想擠出一種笑容，使他死得漂亮一點，但就在他剛想展開一個笑容的剎那，他的神經已不能控制他臉部的表情：

他死得像追悔什麼似的，甚是痛苦。

蕭秋水在看著他的劍。雪亮的劍。

然而他想起昔日在五龍亭上的故事：那些勇奮救人，大聲道出「永不分離的廣西五虎」的英雄好漢們。丹霞山上，在烈火熊熊中勇救羅海牛，守望相顧，可是現在……

血、灑遍了他父母墳上的青草。

以人血來悼祭，這算是血祭罷？他想。

——是哪位前輩說過的話：「殺不盡的仇人頭，喝不盡的英雄血！」

——斬盡天下無義、不忠、背信，忘恩的人，交盡天下熱血的好漢、灑血的英雄！

想到這裡，蕭秋水忍不住大喝一聲，震得松針如雨落。

「殺！」

蕭秋水變了。

他有了他自己的劍，他自己的武功。

顯然他不見了唐方，失去了友朋。

他變了。

左丘超然臥倒在地上，不敢發出一聲呻吟。

他竟對這曾朝夕相對的「大哥」，發出了第一次有生以來的強大恐懼。

他的骨節，就在他要發力折磨壓制在蕭秋水四處要穴上的時候，對方本無蓄力的軀體上，忽然自本來人體的最脆弱點，崩發出極其強大如排山倒海的功力，迅速且無聲息地將他的勁道吞滅，擊散了他全身的關節骨骸。

他全身已潰散，是蕭秋水揪往他，是以才不倒下。蕭秋水放手，他就鬆脫在泥地上。

「他又爲什麼要這樣做？」蕭秋水看著地上的羅海牛屍身，這樣地問。

他問的當然是還活著的左丘超然；既然已死了的羅海牛不會作答，左丘超然只好答話了：

「他跟我一樣，都認朱大天王作乾爹。」

蕭秋水冷笑：「他要那末多乾兒子來幹嘛？」

左丘超然一笑，有說不出的曖晦與苦澀。「因爲他沒有老婆。」

蕭秋水忽然了解了左丘超然那苦澀的笑容指的是什麼了。

朱大天王喜歡的是年輕男子。那麼羅海牛等在他麾下的身份，乃跟孌童沒有什麼分別了。蕭秋水於是也明白了：左丘超然爲何與權力幫作戰時十分賣力，偏又在生死關頭不肯救他。

兩幫人馬比起來，反倒是權力幫光明磊落，正當正面。

攻擊浣花劍派時，權力幫在攻，並與白道正面衝突，對消實力，不若朱大天王，暗中進行狙殺與搶奪「天下英雄令」的企圖。

蕭秋水暗中歎息：「你們願意這樣做？」

左丘超然沒有搖頭。他不能搖頭，因為頸骨已扭傷，但他能說話。

「羅海牛自大，認為他長袖善舞，從善如流，地位應在其他幾頭小老虎之上，所以不惜出賣，第一個就先要搖倒你，再由朱大天王另立首領，來取代你的地位，奪得領導『神州結義』的宗主權。所以他才暗算你。」

蕭秋水湛然的眼神望定他，「但是你呢？」他緊緊追問。

「你又是為啥呢？」

左丘超然苦笑。「我的師父是項釋儒……養父是鷹爪王雷鋒……父親是左丘道亭……我不忍見他們死！」

蕭秋水皺眉問道：「這麼說……令尊等亦在朱大天王的威脅之下？」

左丘超然因筋絡之疼痛而不能言。蕭秋水改換話題，急問：

「梁大哥、老鐵，小邱等……是不是在你們掌握之中!?」

左丘超然想點頭，但稍動之下，痛得滲出了眼淚。蕭秋水接近他的背心，一股熱流，周遊左丘超然全身，左丘超然強撐一口氣，答：

「是。」

蕭秋水又問：「他們在哪裡？」

就在這時，閃光突現。

蕭秋水跳開，飛劍居然一折，雙雙射入左丘超然眼中。

左丘超然慘叫，折斷的手，兀拚命想撫住臉。

那人飄然下來，劍光一閃，斬斷了左丘超然一雙手。

左丘超然嚎叫，全身不住發抖，聲音如瀕死的野獸低鳴。

那人聽了卻笑了，好像左丘超然的嗚咽是說給他聽的笑話一般好笑。

就在這時，劍光一閃，左丘超然就沒了聲息。

劍芒是蕭秋水手中發出來的。

但他的劍，就似全沒出過鞘一般。

他的劍，剛才確是爲了提早結束左丘超然的痛苦，而發出來的。

那人很年輕，一雙長目卻很鋒銳，開始斂住了笑，瞇起眼看蕭秋水腰間的古鞘劍。

「我叫婁小葉，」他瞇起眼睛笑道，「我是一個很有名的殺手，你大概聽說過罷？」

他道。

柳隨風在走出浣花蕭家的時候，曾記起適才在劍廬，感覺到一個少年高手的存在，然後他尋思索遍，有幾個初崛的少年高手，包括了東海林公子，蜀中唐宋、唐絕，還有一人：就是這天山劍派的後起之秀婁小葉。

在當時，權力幫總管柳五腦中飛快閃過的資料是這樣的：

——婁小葉，用柳葉劍。好鬥，喜一切鬥爭、殺戮、騙詐、狙擊。

但是在柳隨風的檔案裡，他不知道婁小葉是朱大天王的義子，而且是義子群中的頭領，最兇悍的一名。

天山劍派傳到了「飛燕斬」於山人，已經到了鼎盛之際，不但門徒眾多，連劍法也到了頂峰時期。

天山劍法向來講究輕、靈、快、捷，但到了於山人手中，擅使長劍「如雪」，據說他曾以這一柄劍，攻得十七名使劍高手，一劍都來不及還。

而他練劍，在天山的壑谷絕崖間斬落飛燕，百試不爽，故名「落燕斬」。

這劍法厲害，還是其次，但在天山絕嶺上向天空飛掠的燕子躍起斬落，輕功更要卓越，於山人的劍法，可以說已無懈可擊，婁小葉是他的高足，卻能自創一套巧妙的劍法。

這就是「柳葉劍」。

向來只有「柳葉刀」，無「柳葉劍」。

柳葉刀著重靈、輕、快、捷，婁小葉便把柳葉刀的打造方法與攻守招法，全都移注到劍上來。

柳葉劍法不斷飛燕，斬柳葉。

風中的柳葉，輕、飄、無依，更無處著力，比飛燕更難斬。

婁小葉則是站在水上出劍。

他能以足踮於水上借力飛躍，比於僅穿掠於絕壁危崖間，又巧妙了許多倍，所謂「水上飛」，是極高深的輕功提縱術。

也只有在足尖能借水之柔力時，才能斬落水邊之柳葉。

婁小葉一旦學成，殺生無數，姦淫、盜擄，無所不為，武林中也難有人制得住他。

蕭秋水聽說過這個人，是從他的好朋友林公子處得知的。

那時候東海林公子正是要找婁小葉比武。

林公子與婁小葉齊名，但林公子轉述給蕭秋水知道為何要追殺婁小葉時，聲音因憤怒而顫抖。

因爲那時婁小時已在十日裡殺了三十七名無辜的人：其中泰半是不曾練過武，婁小葉僅是爲了要研究他的劍法怎樣才可以更完美無缺而殺人，並且盡量讓他劍下亡魂的鮮血不致濺及自己衣襟上。他有潔癖。

捌 第一次決鬥

蕭秋水道：「很好。」

婁小葉皺眉問道：「哦，很好？」

蕭秋水道：「我有一個朋友，叫做林公子，聽說過罷？」

婁小葉瞇起眼來笑道：「哦。他嘛，刀劍不分的傢伙，想必也男女不分——爲什麼『很好』？」

蕭秋水說：「他想殺你，『很好』的意思是：我可以代他殺你了。」

婁小葉一怔，旋又哈哈笑道：「你就爲這點殺我？」

蕭秋水道：「不止。」

婁小葉問：「還有的原因呢？」

蕭秋水道：「因爲左丘。」

婁小葉奇道：「你要代他報仇？」

蕭秋水肅然道：「正是。」

婁小葉詫異地道：「你忘了他出賣了你麼？」

蕭秋水穆然說：「可是他曾是我的朋友，更是我的兄弟——」

「一朝是兄弟，一生是弟兄。」蕭秋水補充地加了這一句。

婁小葉怔住，隔了好一會，又哈哈地笑起來。

「這點我倒沒料到；」婁小葉邊笑邊道：

「不過我殺他，倒不是爲了他出賣你，而是他想出賣朱大天王。」婁小葉斂住了笑，盯住蕭秋水道：

「他適才的話，有對天王不滿之意。」

蕭秋水冷冷地望定他道：「你是朱大天王的人？」

婁小葉點頭，然後又瞇起了眼睛。「剛才你閃躲飛劍，身法好快。」

「……」

「你剛才說要代林公子殺我，想必是要以浣花劍法來領教天山劍法的神妙了？」

蕭秋水搖頭。伸出一隻手指：

「我用浣花的劍，未必用浣花的劍法。如果真的是浣花劍法，那我的人是浣花子弟，就算用一根指頭殺你，你也是死在浣花劍下。」

婁小葉冷笑道：「天山劍派的真義，可從來沒有光說不練。」

蕭秋水沒有再說話，只是緩緩拔出長劍。

劍鞘斑剝，劍身雪亮。

古劍「長歌」。

「好劍。」婁小葉不禁脫口讚道。

然後他就拔出了他的劍。

真是一把神奇的劍。

這劍輕薄如紙，但美如仙物。

這柄劍竟似是明珠鑲造的。

單只劍鍔的鑽石柄子，就已價值不菲。

婁小葉無限珍惜這柄劍，這柄淡彎如眉月的劍。

這劍不似用來戰場上用的，而是應在家裡當作瑰寶珍藏的。

這柄劍能在比鬥中發揮多大的效用？

婁小葉瞇起眼睛，小心翼翼地問：「這柄劍的價值，你的眼神不盲，當然能看得出來；」

蕭秋水點點頭。婁小葉驕恣地道：

「它不但漂亮，而且還是一柄最能殺人的劍。」

一說完他就出了手。

一下子便分出了勝負。

而且分出了生死。

一下子是極快。

但在這極快的瞬息間裡，有許多變化。

至少六七個變化，兩三個心理轉折。

婁小葉先出招。

他一劍斬出。他的劍招雖與師父於山人迥異，但仍是「斬」字訣多於「刺」字訣。

蕭秋水橫劍一格。

他用的是武當劍法的「橫江勢」攔住。

但在他的「長歌」劍才觸及「柳葉劍」時，柳葉劍就「叮」地斷了。

斷掉的一截，約半尺長，恰好飛落在婁小葉的左手裡。

婁小葉一手抄住，閃電一般，以斷刃向蕭秋水當頭斬到。

其中已經包含了幾個微妙的心理變化，即是婁小葉算準了蕭秋水知道他重視這柄價值不菲的寶劍，所以必用削鐵如泥的「長歌」劍去抵制它。

而「柳葉劍」其實十分易折的，一經銳勁擋格，必定斷裂，婁小葉趁對方得意於震斷敵手寶劍之際，左手施真正的「柳葉短劍法」搏殺之。

這必能將蕭秋水殺個措手不及。

這計劃前部分完全成功。

蕭秋水確用劍擋架，柳葉劍確然中斷——可是蕭秋水先看出了這一點，才故意去冒險行這一點。

——對敵最好是以奇兵出擊，否則：不防將計就計。

這就是將計就計。

首先，蕭秋水斷定不可能是浪得虛名之輩的婁小葉，不可能用一柄中看不中用的劍來自毀性命。

——會用劍的人，斷無可能用一柄不能用之劍。

——除非是無用之用，方爲大用的劍！

所以蕭秋水故意中計，去震斷對方的劍。

——但他的心神並未被那劍的華麗外表所吸引。

斷刃飛出，蕭秋水已憬悟到婁小葉的計策。

就在婁小葉左手抄住斷刃的時候，蕭秋水已一掌劈了出去。

蕭秋水的左掌切在婁小葉的斷劍劍身上。

斷劍極脆，「崩」又飛折一截。

就在婁小葉的斷刃劈至蕭秋水額頂前一刹那，停往——因爲另一斷劍已飛射入婁小葉咽喉中。

這斷劍插斷了婁小葉的氣管，摧毀了他的力量。

婁小葉動作頓住，敗。

他倒下，死。

婁小葉想用那「柳葉劍」易脆的特性來殺他，他就用同樣的特點來殺了婁小葉。

妻小葉等於死於他自己的劍下。

戰鬥只有一下子，但變化轉幻無窮。

稀稀落落的掌聲，自松林那邊傳來。

松林裡走出一個人，淡青衣，沾雪花，微笑。

蕭秋水目光收縮，感到親切，也感到震懾。

一種如臨大敵的震悚。

這人正是柳五。

柳隨風。

柳隨風一面拍手，一面笑著走出來，碎雪在他走動時簌簌落下，他一定是站在松林裡好久了。

「好。好劍法。對方用第一截斷劍對付你，你借他第二截斷劍殺了他，他臨死時還握著第三截斷劍……好，好，單止此役，已可列武林第一流高手榜上無愧。」

蕭秋水看著這個人。這個傳說紛異的人，曾經神奇地從和尚大師、天目、地眼以及一干武林高手的制伏與圍困下神祕地消失。

這是一個武林中爲頭痛的辣手人物，行蹤至爲飄忽。這人的可怕，甚至還在李沈舟之上。

柳隨風笑了。「我不是找你比鬥的，幫主有令，待你和皇甫高橋分出勝負後，他才准我，甚或他自己，來跟你還是皇甫決戰、這才比較有意思。」

蕭秋水緩緩收劍，沒有答話。

柳五說：「我有三大絕技，這是武林人所共知的。其中一項，是殺和尚大師的暗器，想你必還記得；另外兩種，我還沒有施展過。」柳五笑了笑又道。

「你的武功：精進奇快，現在的實力，恐不在和尚大師之下。我本極想與你一戰……但不敢個遵守幫主的命令。……幫主要我看你如何搏殺婁小葉，把情形告訴他。」

蕭秋水道：「我也見過李幫主對敵之場面。他造成聲勢，使章、萬兩位前輩以爲他要出擊烈火神君，是故蓄聚平生之力，然而他卻平靜若定，並不攻擊，致使章、萬二位將功力全洩——就在這刹那，他才襲擊，先傷章、萬二人，再殺蔡泣神。」蕭秋水此刻侃侃而談，與數月前於劍廬論劍時之相比，以前只屬武術之熱心者，後者已具武學宗師之雛型。

「然後李幫主又搏殺木葉、豹象兩位大師。他與木葉對峙，卸開木葉大師攻擊的主力，卻先擊倒場外的次要對手豹象大師，並以此打擊木葉大師戰鬥信心，再傷退木葉。……李幫主的出手、策略、兵法、鬥志、武功、運用，都是我平生首見，欽服之至。」

柳五深表同意地點頭，道：「不管是與幫主爲敵或爲友，沒有人不佩服他，除非是連佩服的程度都談不上的人。」

蕭秋水淡淡地問：「你來只是爲了觀戰？」

柳隨風笑著淡淡回了一句：「你說呢？」

風輕輕吹過，蕭秋水卻雞皮疙瘩般一一凸起。

柳隨風的話說得很輕，比風還輕，但在蕭秋水的感覺裡，柳五一說了那句後，連風都沈重若擂鼓。

柳隨風曾失手被蕭秋水擒過；但蕭秋水的感覺中，他以前所見過所鬥過的人，任何一人，只要跟柳隨風一比，都不知落後到了哪裡去。

蕭秋水與人鬥爭，向未生過畏懼心，如今對站在對面隨隨便便的柳隨風，卻真正有了驚慮。

柳隨風忽然一聳肩，道：「我也很想；」他的話如風送刀鋒，他接著道：「可惜我不能。」蕭秋水感覺到風勢都平和了下來，柳隨風又說：「幫主不許。」蕭秋水頓感如釋百斤重負，全身都輕鬆了下來。

「不過……」柳隨風笑道：「總有一日的，只要你還在……」

蕭秋水冷冷地問了一句：「只要你不死。」

柳隨風笑了，笑意有隱伏如刀鋒，他突然問：

「你想不想知道梁斗等人的下落？」

蕭秋水一震，道：「當然想。」

柳隨風笑道：「左丘死了，不能告訴你；我卻知道他們在哪裡。」

蕭秋水狐疑地道：「是你們幹的，還是朱大天王的人做的？」

柳隨風笑道：「當然不是我們。」

蕭秋水道：「那你怎麼會知道……」

柳五哈哈一笑，神祕地道：「因爲他們抓走的人中，有我們的人，我們的人留下線索，我就知道了……」柳隨風一面笑一面說。

「我的答覆不知能不能令你滿意？」

蕭秋水冷冷地道：「但你還沒有告訴我他們在哪裡？」

柳隨風大笑：「你到陝西終南山去看看罷，只要在灞水銷魂橋上，找到一個沒有釣絲的漁人，你就可以問到你想找的人下落了。」

蕭秋水還在設法記住地名的時候，柳隨風已隨一陣風過而不見。

他的聲音卻清晰地傳過來，帶著笑意。

「我這樣的輕功，你會是我的對手嗎？」

——昔日地眼大師等十數高手包圍，柳隨風身負重傷，也是在一瞬間消失不見。

——風過處，柳隨風就消失了。

——這樣的輕功，恐怕世間再也沒有第二個，因爲沒有第二個柳隨風了。

但是蕭秋水靜靜地自忖回答了柳隨風的話：

「輕功不代表武功。」

稿於庚申年風波中的元宵（一九八〇年三月一日）

校於癸酉年（九三年）七月十至十四日

「六人幫」第五集出書／敦煌付版稅／管教唐能進入第二階段／為君凌事大衝突／經濟大煩心至起死

回生時期／南方款，及時至／「風采」開始連載「談玄說異」專題系列／感父母恩德／首送紫水晶柱予方

修訂於一九九七年（十二月二十至二十一日）

何梁電約蘇，將交付「花城版」：《天下無敵》訂金／新鴻電催訪稿／香港敦煌版及時推「四大名捕震關東」《追殺》《亡命》《妖紅》《慘綠》／各路兄弟分別赴澳會聚，大趕工

第三章　費家的人

玖　大雁塔裡的祕密會聚

終南右城在長安。

李白詠終南山時云：

> 出門見南山，引領意無限。
> 秀色難為名，蒼翠日在眼。
> 有時白雲起，天際自舒卷。
> 心中與之然，托興每不淺。
> 何當造幽人，滅跡棲絕巘。

這是詩人李白在懷才不遇的寂寞生活中，只能托志於秦嶺浮雲。在天際自由舒卷。

長安古城中謫仙樓，是當年三大詩人所到之地，李白、杜甫、賀知章都曾來過此地。

蕭秋水雖尋人心切，但路過長安，總是會來緬懷一番，他準備在午膳之後，就趕去灞橋。

就在他細嘗古城名菜之際，忽然樓上一陣騷動、囂嚷，蕭秋水大感奇怪。

只見兩個穿著一身花花綠綠的彪形大漢，一個手拿拐子棍，一個白蠟桿方天戟，走了上來。

謫仙樓的幾名夥計走上前去勸阻，那兩人輕輕一撥，夥計們都如斷線風箏一般，飛了出去，老半天爬不起來，咿咿哎哎地呻吟著。

蕭秋水看得大皺眉頭；這時那二掌櫃的也上前勸阻，懇求道：

「大爺，兩位大爺，小店是小本生意……求求你倆行行好事，約戰擺在別處……」

那使方天戟的大漢喝道：「住口！我們約定對方決戰的地方，怎可以隨隨便便更改的！」

這時老掌櫃也跑出來勸解，那兩人就是不聽，比較膽大的幾個城裡的翁長，也勸說道：

「不行呀……這裡是有名之地，你倆看看，牆上還留有李白的題詩呢……不能在此決鬥呀。」

又有人勸道：「在別人店裡打殺，把人家樓店都砸了，叫人家喫什麼來著……」

那使拐子棍的「啪」地反手一巴，把說話的人打了出去。其他的人紛紛驚呼而退，哭喪著臉嗚咽：

「天啊……這個年頭王法去了哪裡？……天理何在呀！」

蕭秋水著實按耐不住，拍案而起。

那使拐子棍與使方天戟的，稍聞異動，即有所覺，兩人向蕭秋水處望來，猶如兩道森冷的電光。

蕭秋水正待說話，突聽一人怒叱道：

「呔！你們兩個狗徒，在這裡作威作福，目無王法嘛!?」

說話的人非常年輕，眉清目秀，背插長劍。他身旁的人，年約三十，是衙門差役打扮，腰掛長刀。

那使方天戟的回罵道：「你又是什麼東西?」

使劍的少年豎眉怒道：「你有眼不識泰山，我是終南劍派第十一代弟子原紋瘦，他是我堂兄，長安名捕快『手到擒來』牛送之，你們還不走，就抓你們到衙府裡去。」

那兩名惡客一齊哈哈大笑出聲來。原紋瘦怒不可遏，他是血氣方剛，怎能忍受此等辱笑，「涮」地拔出劍來，一聳肩，即躍過三張桌面，「呼」地劃出一道劍花，叱道：

「要你知道訕笑的代價。」

說完劍花一飄，如白雲舒卷，直取拐子棍大漢的脈門。

蕭秋水稍皺了一下眉頭，心忖這少年出劍好狠，同時深心暗佩終南劍法的變幻與意態。

那使拐子棍的冷笑一聲，猝然一夾，一雙拐子棍，恰好把劍夾住，一腳踹出，「砰」地把少年原紋瘦踢飛出去，「砰」地飛出了窗口。

那衙役牛送之臉色大變，「雪」地拔出腰刀，站了起來。使拐子棍的冷笑道：

「這等三腳貓功夫，也來唬人。」

那牛送之倒是毫不畏懼，大喝一聲，一刀砍了下去！

詎知半途突出一記方天戟，架住大刀，反手一扳，「格登」一聲，大刀折斷，那大漢以戟尾白環桿迴掃，「砰」地一聲，又把這差役掃出窗外，落下街心去，窗外行人嘩然。

這時樓下又「咚咚咚咚咚」趕上了四名公差，想必是樓上發生事情，衙裡派人巡視的，這四名差役，一看就知道是練家子，都是緝拿悍匪的老經驗，一上來就擺明陣勢，拔出腰刀，樓上局勢，一觸即發。

蕭秋水本待出手，既見官府有人出來，也一時不好冒然插手，免遭誤會，正在盤算細想，忽見樓下唉呀連聲，被擠出一條路來，人人都嫌惡地望去，只見一高大的黑漢，排開眾人，大步地走上樓去。

這黑漢威風凜凜，人未到，聲先到，大聲喝問：

「喂，幽州雙鬼，我黑煞神來了！」

只見那兩個先前的大漢互覷一眼，卻緊張起來，擺起了陣勢。

蕭秋水心中大奇，這兩人在眾人圍困之下，毫不變色，而今黑煞神一出，倒是十分戒備，想必黑煞神是難惹之輩。

黑煞神怒喝道：「你們還不下來迎接！」

那樓上兩人又交換一個眼色。使拐子棍的道：「你自己上來呀。」

使方天戟的大漢道：「這兒有人阻擋我們的比武哩！」

黑煞神怒叱道：「誰!?是誰！好大的膽子！」

四名差役，一時相顧不知如何是好。那黑煞神大步走了上來，一雙大眼，睜得暴漲，呼嚕呼嚕地喝道：

「是誰?誰敢如此?」

然後上得了樓，這人頭幾乎觸著了樓頂，四名牛高馬大的差役還不及他的胸臆，黑煞神大聲喝問：

「你們是麼!?是不是你們!?」

四名差役連回答都來不及，已有一人，被他一抓一丟，丟了出去，半晌爬不起來。另一人被他拎住，一甩飛了出去。一人拿刀來砍，被他一腳連人帶刀踢出。剩下一人想溜，被他一張桌子砸過去，暈七素八，暈倒當堂。一時間四個差役，全都解決了。

黑煞神拍拍手掌，整整衣衫，向那原先兩人道：

「好了。這兒乾乾淨淨，正合我們決一死戰。」

這時長安城的人們已不知來了多少，全都聚集在謫仙樓下觀看，一面怨恨這些人的無法無天，一面生怕他們毀掉那些珍貴的文物，但卻無人敢上前干涉。

那使方天戟的眼神骨碌碌一轉，赧然道：「好，咱們就打。好好在這裡打一場。」

使拐子棍的也一吞口水，乾笑道：「咱們這一戰：非打個天翻地覆不可。」

蕭秋水忍無可忍，正要出手，忽聽一人道：

「等一等。」

說「等一等」的人也是在樓上，不過是偏於屏風後閣子裡一隅，這是一個頎長的年青人，手裡拿著一把長柄九環刀，威風八面。

他身邊左右都有人。左邊一人，又肥又矮，五短身材；右邊一人，又高又瘦，竹竿一般。

蕭秋水深覺納悶，只好靜觀其變，到必要時才出來，只聽黑煞神大罵道：

「你是什麼人？不怕我黑煞神拔你的舌頭嗎？」

只見那頎長青年挺身而出道：

「你聽過皇甫公子未？」

「皇甫公子？」——這名字在蕭秋水心裡一閃而過：這名字怎的好熟？

只見那黑煞神、使方天戟的、那使拐子棍三人俱臉色一變，愕然問道：

「皇甫公子……皇甫高橋是你什麼人!?」

長安城中的人，聽得皇甫高橋這名字，也引起紛紛騷動。有些人正七口八舌在說話：

「皇甫高橋……就是皇甫公子！」

「皇甫公子行俠仗義，這次有他出來……」

「一切問題可都解決了！」

「皇甫公子的人，一定能好好教訓這三個煞星！」

那頎長青年含笑團團向樓下眾人一揖，有禮地道：

「諸位放心，皇甫公子吩咐過，任何人敢欺壓民眾，我們都不會放過他！」

樓下民眾又自是人人道好，紛紛喝彩聲四起如雷，有人爭相傳誦道：

「這人就是皇甫公子的拜把弟兄，叫做齊昨飛，旁邊的是皇甫公子近身護衛，一個叫做『竹竿』黎九，一個叫作『冬瓜』潘桂，三人武功都很高。」

「唉，不知是不是那三個煞星的對手！」

這時黑煞神哼聲道：「喂，齊大管家的，我們三人沒惹你，你也少來惹我！」

齊昨飛臉色一沈，道：「滾出去！長安城豈是容你撒野之地!?」

黑煞神大怒，嘩嘩叫道：「我是給面子皇甫高橋！你小子不知好歹，我先宰了你！」

說著「呼」地一聲，全力掠起，帶起一股凜然的勁風，襲得人喘不過氣來，眨眼間到了齊昨飛面前，砰砰兩拳擊去，拳剛擊出，臂骨已發出「啪啪」的響聲。

齊昨飛一揚掌，雙掌似無骨無力，卻接下了兩拳，突然一蹲，抄起九環刀，一刀迴環攔掃。

這一刀，之妙、之快、之準、真是不可想像，黑煞神狂吼一聲，噴血，倒縱而出，排開眾人，亡命地逃，街上人們唬得尖叫不已，只見地上一列血跡，才知黑煞神已受刀傷。

齊昨飛扶刀挺立。長安民眾，爆出叫好之聲，不絕於耳。

就在這時，使方天戟的與使拐子棍的，雙雙飛襲。

但同時間，那「冬瓜」和「竹竿」都動了。

黎九一揚手，手中多了一支白蠟桿，潘桂一動手，多了一支金瓜鎚，在電光火石的一剎那，方天戟、拐子棍未擊中之前，他們的武器已抵住了對方。

那兩名穿著花花綠綠的「幽州二鬼」頓住，大汗涔涔而下。那黎九冷笑道：

「公子有令……放你們一條生路。」

兩人緩緩把手中兵器抽出，轉身行去。街心的人們看得一清二楚，正欲歡呼拍手，忽變作駭呼，原來那「幽州二鬼」凶性大發，方天戟與拐子棍，又向「竹竿」「冬瓜」二人背心刺出。

這連蕭秋水也為他們捏了一把汗，大喝道：

「小心！」

但在尖呼聲中，那一高一矮兩人，宛若背後長了眼睛似的，尚未回身，便出手，金瓜鎚頂在使拐子棍的腹腔，白蠟桿點戳在施方天戟的喉頭上，「幽州二鬼」喉核滾動，良久不能動彈，更不能進一步攻擊，靜了好一會，樓下才又歡聲雷動，喝彩連天。

潘桂又緩緩取了武器，道：「這是你們最後一次活命的機會了。」

「幽州二鬼」才知對方不殺自己，兩人怔了一會，竟然「呼嚕」一聲跪下去，「咚咚咚」叩了幾個響頭，大聲道：

「皇甫公子聖明，幽州二鬼得饒以不殺，日後必當報答，肝腦塗地，在所不辭。」

在長安百姓的爲皇甫高橋喝彩之聲中，使方天戟的與使拐子棍的，惶惶然如喪家之犬，抱頭鼠竄。

「好！好！皇甫公子座下高手果然要得！」

「這次幸得三位前來，否則小店不堪設想……」

「三位能不毀一椅一桌趕走三個凶徒，確是神乎其技……」

只見齊昨飛等團團揖拜道：

「我們只是作該作之事而已……」

「這一切都是皇甫公子對我們耳提面命的……」

「就連武功，也是得皇甫公子親傳……」

蕭秋水心頭一震，他記起這「皇甫公子」是誰了。

李沈舟說過的話：

「現下武林中最出風頭的兩個年輕人，一個是你，一個就是皇甫高橋；我不殺你們，除非他先殺了你，或者你殺了他之後……」

這「皇甫公子」，就是皇甫高橋！

蕭秋水目睹這場鬧市中的格鬥，一方面感到敬佩，一方面卻感到一種在他光耀、振奮的一生裡，突如其來的一種陰影和滋味：

那是一種近乎自卑的心情。

——皇甫公子那麼有名，自己怎能跟他相比？

——他武功好、人緣好。單只是手下出來，就如此轟動……

——李幫主實在錯愛自己了……

一下子，蕭秋水覺得普天之下，李沈舟反而親近起來，好像知音一般……

——唐方，還有唐方，如果唐方在，就好了。

蕭秋水又記起在嵩山之役殺仔的催促：催動自己趕快到湖北去，「神州結義」的各路英雄豪傑，正在選拔新盟主，而他和皇甫高橋的呼聲最高……

——可是自己又哪裡及得上皇甫公子？

於是他決定先不去管選拔盟主的事，先找到他失蹤的兄弟們再說。

有了這種決意，他又踏實了起來。

——世間的名和利，都來自於比較，爭強好勝，都來自於不服氣，但這一切，都不如他找到了他的兄弟，再過他那躍馬烏江、神州結義的日子。

蕭秋水定過神來時，齊昨飛等三人已在百姓簇擁歡呼聲中，離開了現場。

蕭秋水追上去：此刻他的心意無他，既無自慚或僶比之心，只想和這幾個可敬的人交一交朋友，或者請他們代向皇甫公子問一聲好，他蕭秋水很服膺，絕不與皇甫公子競爭什麼盟主之位。

開始是人潮洶湧，民眾看完熱鬧之後，相偕散去，蕭秋水不敢亂擠，所以趕不過去。

等到一出大街，人潮稀落，三人卻顯得有些張惶，急速疾馳，蕭秋水大感納悶，於是一直尾隨，沒有發聲招呼。

愈到後來，三人行跡閃縮，張望不已，蕭秋水好奇心大作，所以也匿伏跟蹤起來。他小時本就極調皮，談起尾隨跟蹤，方法奇巧，誰都比不上他。

又到一條巷子，那三人跟另三人碰在一起，稍爲聚面，即又往前疾走，這下方令蕭秋水好奇心大起，不得不一直跟蹤下去了！

因爲後來那三人，竟然就是被齊昨飛、黎九、潘桂三人打垮的黑煞神和使方天戟及用拐子棍的三名大漢！

爲什麼在長安城裡，約定拚鬥的三個敵人，卻如故友般出現在這裡？

爲什麼在謫仙樓上，打得不可開交的六名高手，卻如負重任地巧敍於此？

他們還要去哪裡？

——這些都是蕭秋水滿腹不可解的疑問。

這一行六人，到了長安大小兩雁塔。

名詩人岑參曾有詩云：

塔勢如湧出，孤高聳天宮。
登臨出世界，蹬道盤虛空。
突兀壓神州，崢嶸如鬼工。
四角礙白日，七層摩蒼穹。
下視指高鳥，俯聽聞驚風。

雁塔亦就是當年白樂天一舉及第的題名處：「慈恩塔下題名處，七十人中最少年。」

大雁塔幾乎可以說是長安的標誌——這六個人鬼鬼祟祟來到大雁塔，要做什麼？

當六人閃入了門楣時，蕭秋水也掠上了塔層，倒掛金簾，如一尾無聲之遊魚鑽入了水草之中一般：蕭秋水潛身於殿內樑上。

六人進到塔內，向中間原在塔裡的一個鬍鬚灰白的老頭子行禮後，團團圍坐。

七人容色，似對彼此都十分熟稔。

好一會，那老頭兒長噓一聲道：

「辛苦你們了。」

其他六人，都客氣地欠身，其中「冬爪」潘桂道：

「應該的，爲公子爺做這件事情，我們可心裡服氣。」

大家又客氣了一番。白鬍老頭和齊昨飛顯然輩份較高，兩人儼然是要角。齊昨飛笑道：

「……只不過下手重了些，要七阿哥吃虧了。」

黑煞神笑道：「也沒什麼。那些是豬血，一路灑過去，倒嚇著了行人。齊老大也是爲了公子爺，我蒲江沙還有什麼話說。」

蕭秋水心頭一震：原來謫仙樓上的比鬥，都是假的，只是唱一齣戲而已。但他們的用意是爲了什麼呢？——爲了皇甫高橋？

隨著心裡又是一動：蒲江沙卻是大大有名之輩，外號可不叫作「黑煞神」，而是綠林上有名的「七阿哥」，他來客串這套戲，又是爲了什麼呢？

那使方天戟的也接著陪笑道：「……七阿哥都不埋怨，我們刁家兄弟，吃的更是公子爺的飯，哪裡有話好說的。」

蕭秋水也是心頭一悟，刁家兄弟——武林中確有一對刁家兄弟：刁怡保與刁金保，十分有名——原來便是這一對所謂「幽州雙鬼」的人物！

那老頭兒呵呵笑道：「大家都是爲了少君做事，甭客氣——我們先後已用各種不同的方式，唱了許多齣戲，只是少君不知道罷了。」

蕭秋水心中也閃過一個人物：江湖上有一名高手，也是有名的智囊，在皇甫世家做事，後來四大世家，即：南宮、慕容、墨、唐，問鼎江湖，皇甫家人材凋落，這人也未現江湖。

——這就是外號人稱「九尾狐」疊不疊，疊老頭兒。

刁怡保有些眈心地道：「公子爺知道我們這麼做，不知會不會怪罪我們呢？」

齊昨飛笑道：「哪會！他不知道不就得了!?我們這般都是爲他好，他不像那蕭秋水，凡事出來自己闖，公子爺智能天縱，但極少出外，多在大本營裡運籌帷幄，所以名聲可能反而不及現在到處打擊權力幫的蕭秋水：——我們這樣做，正是爲他宣傳呀。」

刁金保接道：「可是公子爺若知道我們這樣做，恐怕他會不高興的呀。」

疊不疊疊老頭兒道：「少主知道，想必會不悅。我們的做法，是爲了少主能在湖北『神州結義』選拔中獲盟主之位，光宗耀祖，重振門楣，擊敗蕭秋水，建立實力，對抗權力幫與朱大天王，如此苦心，一旦他知道了，應不會怪責我們的。」

蒲江沙七阿哥道：「希望如此就好了，免得我們做惡人做了那麼多次之後，到頭來得不到公子爺的原諒。」

「竹竿」黎九笑道：「我服侍少主已一段日子，知道少主脾性，他視兄弟們如至親，無論如何，他都不會因此而與大伙兒不睦的。」

「冬瓜」潘桂也接道：「我們反正也沒傷人嘛！客串一下，替少主打響名頭，又有什麼不好了。」

刁怡保臉有難色：「話雖那麼講，但公子爺的脾氣……」

刁金保比較想得開，敲擊拐子棍道：「哎，別管了，反正都作了嘛……讓什麼蕭秋水的當盟主，我刁老二不服氣，捧公子爺上來，總是應該；咱們公子爺可不是像人家靠運氣亂闖出名堂的，咱……」

齊昨飛笑著補充道：「咱公子爺是行大事不留名，十年如一日的哩……所以咱們就替他留留名！」

眾人聽得哄然大笑。並且繼續談下去。蕭秋水在屋樑上聽了個清楚，終於明白他們聚在此地，所為何事，心裡十分傷感。

——這也許是因為看見，別人家有一群朋友，正在為他們所敬服的人做事罷。

蕭秋水也曾經有過兄弟、朋友。而今他們都不在了，死了，或者失了蹤、背叛，或者在遠方。

蕭秋水看到他們，也了解他們的苦心——雖他們的手法未免接近欺騙，但用心卻是十分良苦。

——蕭秋水欣賞他們，他欣賞有忠義有血性的漢子。他不願去揭穿他們。

他只想悄悄離開。

他正要離開，突聽一聲冷喝：

「是誰!?」

這人又急、又快，聲自樑下響起時，人已到了樑上，一股狂飆之氣，已飛襲蕭秋水背項。

蕭秋水不用回頭，已知來人是疊老頭兒。

疊老頭兒這一出手，便可知他武功比那六人中任誰都還要高。

蕭秋水切掌一引，借力一縱，撞破窗櫺，竄落飛簷，飛逸而去。

齊昨飛第一個掠出屋外，見蕭秋水之背影，猛出一劍，但被對方一拂撞開；這時黎九、潘桂也掠了出來，潘桂跌足道：

「糟糕，給他聽去了！」

黎九道：「這傢伙似在茶樓上那人……」

齊昨飛頓足道：「此人容貌，與傳說中蕭秋水酷似；如是他，給他聽到了，傳出去可糟透了！我輕功好，我去追他，你們守在這裡！」

齊昨飛一說完，便如彈丸般射出。這裡蒲江沙也自塔中躍出，疊老頭兒也帶刁怡保及刁金保自屋瓦上掠落。

潘桂道：「齊老大去追了，他要我們留守。」

黎九道：「那人輕功好，只怕唯有齊老大和疊老師才追得上。」

疊老頭兒沈吟了半晌，望向遠方，終於道：「我們進去塔裡再說。」

蕭秋水此刻的內力充沛，從中提升了輕功，發力急馳，早把齊昨飛拋出老遠。

他本來想早點離開長安，到灞橋看個究竟——可是走到半途，伸手向懷裡一摸：

——天下英雄令還在，古劍長歌也在，朱大天王的祕譜還在，獨獨是那本梵文真經遺失了。

——遺失在哪裡呢？想必是在屋樑上。

——會不會給疊老頭兒他們取走了呢？應該不會的。

那本真經，對凡人來說，根本是無用之物，但對少林而言，卻是珍寶。

蕭秋水決定返去取回。

——他料定疊老頭兒等意想不到他還敢回轉。

——說不定回去時他們也離去了呢。

——就算遇上了，卻也不妨一戰，因爲以他現在的武功，足應付得來，只要不殺人，不傷人，也不致釀成什麼禍患。

所以蕭秋水就回去了。

拾　塔裡的血案和灞橋上的械鬥

蕭秋水做夢也想不到他回去會看到這樣的景象。

他行近大雁塔裡，已格外小心，特別繞過正路，往矮灌木叢中走去，再想掠上石塔，竄入大殿，取回真經。

他一面留視塔裡動靜，一面匍伏而行。

他突然踩到一樣東西。

他踢在上面，幾乎摔了一跤。

可是此刻他武功何等厲害，稍爲一跌步，即刻穩住。

他凝睛一望，即駭了一跳。

地上的「東西」是人。

是死人。

人、死得很慘。

由眉梢至下頷，幾乎被人一劍劈爲兩爿。

死的人居然是「冬瓜」潘桂。

——絕對錯不了，因爲屍旁還有他的奇門兵器「金瓜鎚」。

蕭秋水此驚，非同小可。

這時塔內有人蹌蹌踉踉，跌步出來。

蕭秋水顧不及其他，搶步出去，一把扶住，卻正是「竹竿」黎九。

「竹竿」黎九瞠住他，口咯鮮血，肋骨給全部打得折碎，無一根是完整的。

蕭秋水推力於掌，輸予真氣，黎九怪眼一翻，居然問了一句：

「你……你是……誰？……」

蕭秋水疾道：「我是浣花劍派蕭秋水。快告訴我，裡面發生什麼事情？」

黎九雙目一瞠，喉頭一陣抽搐，嘔血道：「你……你……蕭秋……水……殺人……兇手……」

蕭秋水正莫名其妙，黎九卻已倒斃。

蕭秋水只好再走入塔裡，未入門檻，即聞一片血腥，地上倒在血泊中，正是刁家兄弟。

蕭秋水正在驚疑不定，才這麼一下子，是誰下的毒手，心念一轉。掠上石樑，見真經還在，稍爲放心，收入懷中，又掠落了下來，見屍首群中，有一稍稍會動，即趕過去。

那人正是疊老頭兒，背心正中一掌，傷得甚重。

蕭秋水急搖撼問道：「是誰幹的？」

那疊老頭兒勉力睜開無力的眼眸，艱辛地道：「是……蕭……蕭秋水……」說完又口吐鮮血，倒地不起。

這一句話對蕭秋水來說，可謂驚撼莫大，他一時不知如何是好，但總不能見死不救，便決意救活疊老頭兒，再問個水落石出，於是推動掌力，灌輸真氣，以保住疊老兒的命脈。

這時大殿中另一角落，血泊中又有人呻吟，蕭秋水因要全力救護疊老頭兒，也沒法兼顧。

就在這當口子時間裡，忽然有人一面駭呼著一面掠進塔內來，腋下還挾了一人，正是黎九的死屍，一返塔裡，完全呆住，目眥盡裂。

蕭秋水見來人是齊昨飛，知他是爲了追逐自己，方才倖免遭殺手，心中暗自替他慶幸。

齊昨飛卻睚眦欲裂，見自己所追逐的人卻在塔內，當下呼嚷道：

「究竟發生什麼事情！」

連呼三聲，十分淒厲，塔內層層回響。蕭秋水一時也不知如何作答是好。

齊昨飛遙指蕭秋水顫聲道：

「你……你是誰？……這裡是誰……誰幹的……？」

蕭秋水感覺到疊老頭兒心脈已漸漸回復，稍爲把真力一斂，道：

「在下蕭秋水……」

齊昨飛厲聲道：「你是蕭秋水？」突聽殿角的一人「哎」了一聲，齊昨飛掠了過去，扶起那人，原來是七阿哥蒲江沙，膀膛至背門，被一劍貫穿，因天生魁梧，始能支持到現在不死。

齊昨飛垂淚問：「是誰……下的毒手!?……」

蒲江沙斷聲道：「是……蕭秋……水……」

齊昨飛「嗄」了一聲，蒲江沙卻頭一歪，飲恨逝去。

蕭秋水這時透納真氣，已在疊老頭兒能支持生命的狀態之下，撤力收回，這時齊昨飛輪舞九環刀，虎虎作響，嘶聲厲問：

「蕭秋水！…你卑鄙下流！爲什麼要這樣做!?」

——可是蕭秋水並沒有「這樣做」。

蕭秋水想要解釋，對方的刀風已掩蓋過他的聲音。甚至掩蓋過一切、遮蓋過一切，一刀當頭劈下。

若蕭秋水換作未獲「八大高手」悉心相傳之前，就算功力深厚，反應過人，亦未必能在不能還手、不想傷人的情形下避得過這一刀。

這一刀劈下，蕭秋水臉一仰，雙手閃電般一拍，挾住九環刀，右腳已蹂往對方左前屈膝之腳背。

輪舞生風的三十七斤九環刀，硬生生陡被定住——這使齊昨飛意想不到；而且左子午步給蹬住了。一時進退不得，在這瞬間，蕭秋水至少可以攻殺自己十次以上。

可是蕭秋水沒有攻擊。

他只是飄然飛到塔樑上。

齊昨飛厲聲問：

「爲何留下我!?」

蕭秋水在第二個縱身之前，留下了一句極端無奈但又令齊昨飛無法領悟的話：

「因爲我根本不想殺你。」

離開了大雁塔，雖已尋回了少林真經，但蕭秋水心頭更是沈重。

——爲什麼瀕死的人，都一口咬定我是兇手？

——是不是有人冒充我，狙殺皇甫高橋的部屬？

——這樣做，是什麼居心？有什麼用意？

——究竟是誰冒充我？

蕭秋水不管一切，決定先到灞橋再說。

灞水洶洶，蕭秋水心卻沈沈。

他坐在消魂橋下，人卻消魂。

街上人來人往——每個人都有他自己的生活、自己的家、自己的親屬朋友、自己的夢想……

然而再幾十年，再在橋下坐著的又是什麼人？千百年後，是誰家年少坐此尋思？這些路過的行人，是不是換了又換，故事也是翻新又翻新嗎？

蕭秋水望著悠悠流水，如此揣想著。

就在這時，幾個人行色匆匆，走過橋上。

第一個人走過，蕭秋水心神還沒有回復過來，如同生命的天空正一片空白，片思微情只是一隻小鳥之影偶爾掠過而已。

緊接著第二個人走過，再度提醒了蕭秋水的省覺——這人好熟。

這人也即在接踵的人海裡消失。但看三人的背影緊隨又出現。

——對了！

是他們。

這三個人當然是蕭秋水認識的人。

但既不是兄弟，更不是朋友，也不是敵人。

這三人竟可以說是處心積慮，要整治甚至殺死蕭秋水的人，但也可以算是蕭秋水的恩人。

這三個人便是朱大天王麾下「長江四條棍」中留存的三人：宇文棟、孟東林、常無奇。

這三個曾在灘江巧救躍落崖下的蕭秋水——但卻要折磨他，並擒他交予朱大天王，其中監視蕭秋水的金北望卻爲一洞神魔左常生的弟子所殺，其他三人終被「劍王」屈寒山所擒，之後竟對權力幫臣服，在浣花劍派蕭易人與蛇王在點蒼山一役中，致使蕭易人因這三人在現場而誤信祖金殿爲「烈火神君」，結果慘遭敗亡之局；這三人雖說武功並不高，但所佔的功勞，還令李沈舟也爲之垂注。

但卻令朱大天王震怒不絕。

朱大天王原遣部下之「雙神君．五劍六掌．三英四棍」中的「六掌」（即六殺）出來，要在劍廬中衝著少林方丈天正大師之面來收拾蕭秋水，乃爲報復金北望被殺之辱，亦顯然是起自朱大天王對「長江四棍」的重視，如今「四棍」中其他三人公然背叛，且爲權力幫立了他們原在天王部屬時前所未有的大功，使得朱大天王無法下台，氣得七孔生煙。

蕭秋水見這長江三棍走過，微微一怔。

然而三人並未發覺在江畔沈思的少年就是蕭秋水。

三人匆匆而行，十分閃縮，似正在走避什麼強仇一般。

就在這時，這李白詩中的「春風知別苦，不遣柳條青」的消魂橋，驀然變成了殺氣騰騰的斷魂橋。

忽然所有的行人，男的、女的、老的、幼的、健全的、殘缺的、商人、農夫、婦女、工人，全部變成了刺客。

他們手裡拿著刀刃或兵器，例如一個婦女，一揚手，花籃打出，花籃邊緣都是藍汪汪的刀片！

一個老農夫，揮舞著鋤頭；一個書生，摺扇上「叮」地彈出銳刃；一個老鴇母，踢出的布鞋上，吐出三叉尖刺的機簧。

一剎那間兵器暗器全向孟東林、宇文棟、常無奇三人攻到。

也就在同這一剎那間，蕭秋水不但驚覺出此情形，還發現了另一種情形。

不知何時，橋上那端，已出現了一個端坐著的人。

身著簑衣，但裹身一片紫殷殷的勁衣，還可以透視得出來——草笠低垂，似在專心釣魚，釣竿卻是無釣絲的！

常無奇、孟東林、宇文棟三人武功雖不俗，但無法抵擋這些來如潮水般無匹，憤怒的人群或刺客。

宇文棟已倒了下去，他是中了三次重創才倒下的，才一倒下，立被分屍，身上至少被切成三百多塊，連耳朵都切碎成四片，簡直令人不忍卒睹。

常無奇已負傷。孟東林有懼色。刺客中也倒了兩名。

局勢非常緊張。其中一個燒窯打扮的工人揮舞銅牌高呼：

「叛徒！今日教你們知道背叛天王的下場！」

常無奇與孟東林自知難以活命，但又十分恐懼落在這班朱大天王的人手裡，所以死戰。

在背水一戰的情況下，常、孟二人，又殺了一名對手，但對方人多，常無奇不小心給一人攔腰抱住，他臉色慘白，全身癱軟，慘呼道：

「我……我知錯了！我……願到天王面前認錯……」

那燒窯工人模樣的人冷笑道：「還有你說話的機會麼？」他將手一揮。

立即有一人，取出牛耳尖刀，割掉了常無奇的舌頭，常無奇疼得慘嚎不已，又有一人，一腳踩住他咽喉，居然像殺雞一般，掏出一張片肉刀，細細地割。

鮮血一直湧噴，常無奇要掙扎，另四人扳掣住他的手，又有四人，拿木釘鑿穿他的手背與腳脛骨，釘在地上。

常無奇慘呼，真是令人心驚魄動。

孟東林瞥見，更不敢投降，雖懼得魂飛魄散，但無論怎樣，都不肯就擒，反而振起威風，一棍砸碎了一人腦袋，卻給那領袖模樣的人，從背後撞中了一牌，口吐鮮血。

常無奇猶未死絕，喉管「格格」有聲。

蕭秋水既怵自驚心，也覺狙擊者手段太過殘忍，忍無可忍，忽聽那漁夫手悠然道：

「上釣嘞。」

只見他竹竿一揮，一尾魚則自水中躍出，自動落入他的魚簍裡。

蕭秋水心中暗驚：這人沒有魚絲，居然以一引之力，挑起水中游魚，落入簍中，這種功力、手法、準確，皆非疊老頭兒等人所能及。

這時常無奇已斷氣，孟東林又著了一刀，情形十分危急，蕭秋水顧不了這許多，一反手，雙手一抱，用力一拔，竟拔起了一株楊柳樹，他大喝道：

「嗟！就算是處置叛徒，下手也太辣了！」

他這一喝，果然都停下手來。蕭秋水連根拔起楊柳樹，本要嚇退這干如狼似虎的惡徒，現在他們人人都住了手，可是無一唬退，反而向蕭秋水迫近來。

那燒窯模樣的人尖聲問：「你是誰？幹什麼的!?管什麼閒事！」

蕭秋水見對方來勢洶洶，只得橫樹當胸，道：「我是蕭秋水……」

那人大笑道：「哦，這樣正好，我是天王的義子，叫做杭八，外號『鐵龜』，你聽說過未？」

蕭秋水一愣，這名字倒是聽說過。

杭八之所以有名，是他做過的事不敢承認出了名，而且他手上的銅牌，進可攻人，退時只要往牌裡一縮，根本讓敵人攻不著他，非常古怪。

至於這人如何當上了朱大天王的義子，蕭秋水可從來沒有風聞過。蕭秋水倒不怕杭八，杭八武功再高，也不會高過左丘超然，只是敵人個個都殺紅了眼睛，要制住他們，是件麻煩的事。如果以殺止殺，殺害那麼多無冤無仇的人幹嘛？

就在蕭秋水沈吟當中，至少已有四個人飛躍過來，揮舞兵器，要亂刀砍死他。

蕭秋水在橋之這一端。

杭八的人在橋的那一端。

橋中有那漁夫。

那四人要飛越那漁夫，才能過得來攻殺蕭秋水。

就在那四人躍起的同時，他們四人的額頭，突然都多了一個洞。

血洞。

然後他們躍落的所在，便成了橋下滔滔流水。

那漁夫緩緩站起來，拍了拍身上的塵埃。

然後他用一種出奇好聽的聲音道：

「又四條魚。」

杭八等嘩然。不斷有人衝過橋來。

那「漁夫」迎了上去。

開始時蕭秋水還耽心：那「漁夫」勢孤力薄。

所以他想衝過去——但他一直只看到「漁夫」的背影，那「漁夫」似一直殺了過橋那端去，並沒有人可以繞到「漁夫」的背後來。

然後他看到那「漁夫」一直殺到了橋的彼端——而橋上都是屍體。

——至少二三十具屍首。

跟著下去是橋那端更多的屍體。

那些凶徒都拚紅了眼神——結果只染紅了他自己身上的衣衫。

那「漁夫」的魚竿，不斷發出「嘯，嘯」的急風。

然後對方的人不住地倒下去。

「你是誰!?」

「——難道是那妖婦!?」

這語音淒懼無限。

「不成，真的是她啊！」

「我們拚了！」

「不可以，太厲害了！」

「快逃！」

殺到最後，地上又多了一、二十具屍首，其餘的人一轟而散，那「嘯嘯」的急風終於停了。

那「漁夫」頓住，回身，他竹笠低垂，蕭秋水看不清他的臉容——只見他轉一個花巧，再把竹竿輕巧地插在他腰帶上。

這時橋上寂寂，橋下流水依舊。

橋中橫七豎八，倒的都是屍體，而且都是一招斃命的。

蕭秋水抱拳答問：「敢問——」

這時孟東林驚魂未定，扶橋欄巍巍立起，驚恐無限地問：「你是——」

就在這時，忽然橋下沖起一道水柱。

水柱升起時，陽光照指下，五彩斑斕。

水柱裡有一個人，也在同時間出了手。

「啪」地漁夫的竹籠被打飛。

但漁夫的竹竿也刺了出去。

水柱一閃而落，落回水中，水柱已一片殷紅。

一人快若游魚，已向下游迅速游走。

蕭秋水認得那人，脫口叫道：「雍希羽！」

「柔水神君」雍希羽！

朱大天王座下兩大神君之一雍希羽，竟然在這人手上竹竿下一招敗走。

那人被打飛掉竹笠，露出瀑布似的烏髮。

那人乾脆一甩，把身上的簑衣都扔掉，迎著陽光下，抬頭，那人身上一片紫如飛霞，眼若秋水，朱紅的唇，健康的膚色……

——原來是個女子！

只聽孟東林驚呼道：

「是紫鳳凰！」

蕭秋水只見過紅鳳凰、白鳳凰，沒見過紫鳳凰。

權力幫柳隨風柳五大總管麾下，有「一殺・雙翅・三鳳凰」。

蕭秋水已在丹霞絕嶺見過「紅鳳凰」宋明珠，旋又在劍廬，見過「一殺」卜絕，「雙翅」：左天德與應欺天，也遇到了「白鳳凰」莫艷霞。

是役，卜絕終歿於天正大師之「拈花指」下。左天德與應欺天則死於太禪真人手下。莫艷霞亦為救柳五而死。

柳隨風的六名得力手下，現此只剩下了「紅鳳凰」宋明珠跟這位「紫鳳凰」高似蘭。

——宋明珠是辣手而熱情的鳳凰；莫艷霞是冷傲而真情的鳳凰；高似蘭呢？

高似蘭仰起頭，陽光照在她臉上，她說：

「我不是為救他的，而是想趁此伏殺朱大天王的人的。」

蕭秋水微喟道：「朱大天王懲罰叛徒，手段也未免太刻毒一點了。」

高似蘭昂然道：「權力幫懲罰叛逆，也不會好多少。」

蕭秋水一笑道：「其實別人服你或叛你，全因爲你自己的態度而定，不必如此以牙還牙，以血還血。」

高似蘭冷笑道：「你自己呢？當你兄弟背叛你時，你做得到嗎？」

「……」蕭秋水默然。

高似蘭說：「我其實已在很多地方聽說過你。你的弟兄背叛你，因爲你也不能維持他們任何的生活條件——無論名，或利、金錢或地位，你都要靠闖，他們就更慘了——有多少人能靠理想活一輩子？哪能夠永遠憑理想活下去!?等到事情真的來了，生存、家人、愛情、事業等等誘惑，他們要走，你且由得他們，——難道你能做什麼？你既不像權力幫這麼有組織，也不像朱大天王那麼有勢力！」

蕭秋水澀聲道：「……我一向都且由得他們去……只要他們不反過來出賣我們的人。」

高似蘭仰著臉，甩著烏髮，一笑，很嫵媚。

「我喜歡殺人，就殺人。看不順眼的，就殺，不像你，很多感情。造成了很多無奈。一個人要闖蕩江湖，就得要灑脫點。拿得起，放得下，才是大丈夫本色！」

蕭秋水沈吟半晌，道：「高姑娘，就算妳說的有理……我還是想先知道我兄弟朋友們的下落。」

高似蘭露齒一笑，開朗地道：「你知道了他們的所在，就得去找他們……那兒是龍潭虎穴，你去了，只有送死，那你滿懷大志的一生，可能就屈不得伸了。」

蕭秋水沈聲道：「如果一個人連『明知不可爲而爲』的勇氣都沒有，那麼雖生猶死。愛身以欺心，廉者不爲，天下之士者，爲人排患、釋難、解紛亂，而無所取，則雖死猶生。」

高似蘭怔了一怔，清脆地如銀鈴地笑了一陣，眼波乜向蕭秋水道：「好，你去死罷，你的弟兄爲朱大天王所部屬的費家人所擄——」

蕭秋水臉色大變，驚惶道：「費家!?」

高似蘭冷笑肯定地道：「對，費家。」

蕭秋水大叫道：「不可能!不可能的!我母親就是費家的人……」

高似蘭每一句話冷如劍鋒：「沒什麼不可能的。你的識見也未免太落後了。費宮娥是要阻止朱大天王對付浣花蕭家，但孫天庭殺了她。沒有孫天庭，又如何得知浣花劍派的地道?……沒有費家親屬出手狙擊，蕭西樓、蕭夫人說什麼也不致於全軍覆沒了。」

蕭秋水駭然不信：「但我外祖父，他，他，他怎會做出……」

高似蘭道：「我是柳五公子部屬中負責傳遞訊息的，我的傳聞都有根據，一定正確，你毋懷疑。……費家勢力，早已沒落，沒有朱大天王撐腰，勢必坍台，或給權力幫滅了。他們要求朱大天王支持，朱大天王要得到『天下英雄令』……費宮娥不從，孫天庭只好把她殺了，孫天庭後來也後悔了，費家老大把他也殺了……」

蕭秋水悲憤若狂：「我外祖父、祖母……他們……都已……」

高似蘭頷首道：「父子相殘，夫妻相弒……這在武林中，沒什麼稀奇的，爲求權利，不擇手段，你感到不習慣，便無資格當一武林人……你試想想，沒有費家老大費漁樵親自出手，就算朱大天王加上權力幫聯手，你們那干講義氣的朋友，能一聲不吭跟著就走，而不戰死或一拚嗎？不可能。」

蕭秋水恨聲嘶道：「他們……他們抓走梁大哥他們……是什麼居心……？」

高似蘭淡定地道：「他們既殺你父母，得不到『天下英雄令』，即懷疑它仍留在劍廬。但我方權力幫已包圍浣花溪一帶，有柳五公子坐鎮，他們也不敢輕入，便鼓動白道中人與權力幫先拚箇玉石俱焚，他們再撿便宜——可惜互拚結果，是一把火，燒了浣花總舵，於是他們就認定『天下英雄令』，定必在你們身上，因你們從劍廬聽雨樓等地活著走出來的……」

蕭秋水想想，也極是有理。要不是那晚自己和唐方走去洗象池一帶，恐怕也必然無倖。費家身列三大奇門之一：即「慕容、上官、費」，卻作出這等卑鄙下流的事情來。

高似蘭一甩長髮，繼續道：「梁斗等就是不知，所以才誤中迷香，束手就擒。但他們一身硬骨頭，就是不說出『天下英雄令』的下落。因爲只有你和唐方逃得出來，費漁樵懷疑是在你身上，所以四處捕你，又對他們嚴刑迫供……」

蕭秋水嘶聲道：「妳……妳又怎知道這些……？」

高似蘭「格格」笑道：「我當然知道。因爲你朋友中，恰好有我們佈下的一個伏子。費家的人捉了他們，而他就用極特殊的方式把事情都通知了我們，而他如今還落在費家的人的手裡。這答案——你滿意未？」

蕭秋水握拳道：「而今費家的人把他們藏到哪裡？」

高似蘭瞇起了媚麗的大眼睛，問：

「你真的要去？」

蕭秋水斬釘截鐵地答：

「去！」

高似蘭驀然轉身，一竹竿飛去，刺穿了在旁聽得愣住了的孟東林之喉嚨。

蕭秋水怒道，「妳——」

高似蘭平淡地道：「他知道得太多，留他不得——要想活下去，在武林中求存，就得心狠手辣，這點你們仁人俠士，可真的說不清楚。」說到此處，昂首高翹，真如一隻仰首倔傲的紫鳳凰，顏面在陽光下閃閃發出光耀。「他們就被囚在終南山東峰，華山『老君廟』內。」高似蘭稍微頷首又說：

「費漁樵一家高手，都佈伏在華山各路上。」

拾壹 終南山上

「費家」——這名詞在江湖上，不僅代表一個家族，而且還代表一種特殊的勢力。姓費的人家，每個大城裡都常見，但一直到隋唐時「飲馬黃河雙槍大將軍」費耿正出來時，費家才慢慢在江湖人心中，建立了獨特的形象。

直到宋初費天清，武功高強，又在西土一帶練得各種異術，盡悉傳予其子；費孟亭、費弗亭、費季亭三人，自此之後，「費家」逐漸成爲一個武林人心目中相當不可思議的家族。

到了費漁樵的曾祖父費玫，不但精通天文、數理、醫術、相學、卜筮，還在東瀛一帶練得忍術、劍道，但他回到中土時，已然垂老，將絕技悉傳費金人後，即撒手塵寰。

費金人即費漁樵之祖父，並有四個兒子，即費飛天、費晴天、費殷重、費仇。四兄弟繼其父，正式創立「費氏世家」，在武林中喧赫一時。尤其是老四費仇，武功最高，在一次武林盟主競技賽中，連敗十七名一等高手，幾乎躍登寶座，後被慕容世家中的慕容世情打敗，活活氣死了費金人。

慕容世家除武功高絕，有名的「以彼之道，還彼之身」外，對易容等雜學，也十分淵博；費仇被慕容世情所擊敗，心懷不甘，因而掀起一場腥風血雨的兩家鬥爭。

慕容世情是時雖然年輕，但驚才羨艷，這一場兩族之爭，繼續了整整二十年，結果費、慕容兩家俱元氣大傷，費殷重、費飛天早年戰死。

而費家嫡系僅存的費晴天與費仇，又起鬩牆；費仇鋒芒過人，費晴天忍無可忍，終於成仇，於是費家分裂，費氏力量大爲削弱。

故此屆年選拔的武林四大世家中，只選了「慕容、墨、南宮、唐」，費家只名列三奇門中的「慕容、上官、費」之末。

費晴天與費仇苦鬥的結果，要到下一代解決。費晴天有一子一女，男的叫做費骨送，女的叫費維維；費仇卻有兩子，一個叫費耕讀，一個就是費漁樵。

費家的人依然拚鬥不休。費耕讀與費骨送，就是這樣互拚身亡。費晴天巧施暗狙，斬掉了費仇一隻腳，卻誤信了費漁樵的投誠，終於被這年方二十歲的冷毒侄兒所毒殺。

更荒謬的是費晴天之女費維維，竟下嫁殺父仇人費漁樵，於是兩家合併，又成一家，不從者皆被費漁樵的人誅殺。

費漁樵在二十五歲統一了費家。於是費家聲望又告大增。費漁樵在三十歲時，名氣如日中天，使得費家重振聲威，並角逐「武林四大世家」，而且野心極大，欲居座首。

這次他橫掃武林，先後擊敗上官、南宮世家，再險勝墨家代表，卻命運不濟，遇到了唐老奶奶之得意傳人唐堯舜，終於一敗塗地。

這下對費漁樵打擊甚大，卅五歲後，全心掌理門戶，一旦牽涉江湖時，多下手狠辣，動輒殺人，而且鑽研異術，費家的人變成了武林中的一個「神祕幫派」，據說有十二件鉅案、慘事，可能都是費家一手策劃的。

這個費漁樵有二子二女，長子費逸皇，次子費士理，都在江湖上令人聞名色變的人物；女兒的名望也不低，長女費井樹，下嫁長安封家，次女費鳴兒則早夭。長子費逸皇喪妻，次子費士理已娶妻，並且是皇甫家的後嫡：「摘葉飛花」皇甫璇。費宮娥則是費漁樵之遠親。

費家的旁支、分系不算，門徒弟子也除外，單止嫡系的高手，就有費漁樵本人，費逸皇、費士理、費井樹、皇甫璇、封十五等。而費逸皇有兩子：費洪與費曉，雖然年青，在武林中也大是有名。費井樹亦有二女一子，江湖人稱「封家費氏，雙劍一刀」，亦是相當難惹之輩。還有一個費家中極有實力的年輕高手：費丹楓。

也就是等於說，蕭秋水欲要救大俠梁斗等，則等於與費家爲敵。要與費家爲敵。至少也得與以上那麼多不易惹的高手爲敵。

——這種樑子，就算權力幫，也未必願意挑。

也許就是因爲不願挑，而費家又加入了朱大天王的背景，柳隨風等人正要藉費家來除去蕭秋水，或藉蕭秋水來除去費家。

無論是哪一方面獲勝，對權力幫都大大有利。

蕭秋水苦笑。

他感覺到連陽光罩下來的光線，也是苦的。

紫鳳凰臨走時，頭還翹得高高，她人也高，就像一隻很倔傲的鳳凰。

「你要與費家爲敵，我也不阻你，我在這兒等你，是柳五公子要我完成的責任。」

「你的死活，本就不關我事。」

「反正費家現在正要到處引你出來。你只要去到終南山，就會遇到費家的人。」

「也許……我也會去終南山，或者上華山，親眼目睹你怎麼死法罷！」

蕭秋水終於上了終南山。

終南山雲煙圍繞，宛似仙境。

蕭秋水想起：他一生中很多重要的戰役，多在山中或水邊進行。山是名山，水是名水，山水能留名千古，但他那些戰役呢……隨著山的風化、水的流逝，如人的消殞般逝去……

——他在水邊望見唐方漸小的身影在崖邊……

——他在山上目送唐剛帶走了受傷不知生死的唐方……

他真想折回川中去找唐方。

可是他還是到了終南山。

而且往華山翻越。

到目前爲止，他還未遇見所謂的「費家的人」。

蕭秋水往長安南行約五十里，經「彌陀寺」後至「流水石」，再轉至「興寶泉」「白衣堂」、「大悲堂」、「甘露堂」、「竹林寺」、「五佛殿」，但見山中森林蔚綠，清石靈泉，秀發莫已，類近江浙山水。

然後再經「朝天門」，景色至此，仰望可見三峰並峙，高聳雲端，雲煙圍繞，有說不盡的舒懷與蒼寞。

過「五馬石」後，即登「一天門」。「一天門」虬松蒼藤，石隙奇狀，岸巖奇突，與「勝寶泉」的「漱石枕泉」各具奇勝。

然則蕭秋水卻無心賞勝，只從「圓光堂」的沙彌處得知，近日在終南岱頂，亦即北五台（就是「文殊台」「清涼台」「靈應台」「捨身台」與「岱頂」共列五台，另岱頂之西有「兜率台」「太乙台」等，不在此列），常有陌生人來往。此乃自岱頂「圓光寺」所傳達的消息。

蕭秋水於是決心上岱頂。

如果費家的人匿伏在華山，那終南山就是他的前哨，欲圖攻到中心，先毀了前哨再說。

上岱頂的險道上，一直有兩個人，跟在蕭秋水不遠處高談闊論。

蕭秋水初以爲這兩人是爲跟蹤他來的，所以十分留意，後來聽他們的談話，知並無惡意。

「你看，一路上來的寺廟，掛滿了什麼御賜的匾牌，每個皇帝都有，好像替他們供奉長生殿位似的，真是無聊。」較爲高爽俐落的男子說。

「簡直討厭死了。小時候母親強迫我唸《論語》，啊呀呀，一個字，七八個意思，五六種讀音，什麼今古字呀、考證呀、注釋呀，真是我的媽。孔子的話，很有道理，這點我承認，就是文章太刁難人了。」另一個精明精悍的女子接道。

「胡說，」那高的男子道：「你真沒唸過書，孔子是『述而不作』，書不是寫的，而是他說的，他弟子來謄抄，就是手抄本啦。」

「嘿」那矮的女子說，「那麼文字艱深，是不干孔老夫子的事了。我知道了，孔子可能寫作慢，講話快，他就請人來當他的文書，他來說，別人來寫……」

「是了。孔子寫作不擅長，這點倒是發人所未見呢……」

「說不定他在創作上還有挫折感呢……他弟子促他成書之後，還到七十二國去周遊，定必是推廣他的著作……」

「喔，當時他的名聲一定是不夠響，各路關係沒有搞好……反觀老子，就聰明得多了。」

「何解？」

「老子的道德經，人人朗朗上口，都不是『道德』兩個字嗎!?」

「有道理……沒料你我兩位大學問家，在此明山秀水間，研究得出一段學者們皓首窮經未解的公案！」

——諸如此類的無聊對話，實令人噴飯，而兩人猶津津樂道。

蕭秋水心下裡倒有點覺得，這兩人的瘋瘋癲癲，有點像死黨邱南顧和鐵星月。不過他為求小心起見，一路上還是用他母親所教的易容法，化妝易容，扮成一個鏢客打扮的人。

費家跟蕭家原有淵源，但費家既心狠手辣，殺死蕭秋水之祖父、母在先，蕭秋水也與之情斷義絕，即準備與之展開一場捨死忘生之決鬥。

登頂後但見大氣沈沈，俯視群山，如浪波之摺疊，真不知是俯視海洋，還是盡瞰群山。

蕭秋水心頭感慨，眼界空闊，但心中依然有縈迴。那兩個「怪人」即行去圓光寺，蕭秋水尾隨，進得了寺裡，香客、雜人、遊旅都非常之少，蕭秋水忽聞一似甚熟悉的聲音在問：

「請問大師，近日來可有見到一名姓蕭的青年施主謫居貴寺？」

一個蒼老的聲音道：「敝寺並無此人。」那僧人又道：

「真是奇怪，近日來常有人來此問起蕭姓檀樾，不知所為何事？」

蕭秋水聽得心裡一動，返轉頭去，只見探問的人就是那兩名男女。

只見那兩名男女十分失望、悵惘的樣子，一個大聲道：「蕭秋水是位好漢，我們是聞其名，負長劍、背行裝、帶一腔熱血，來找他的，大師若知道，請賜告。」

另一人也道：「我們久聞蕭大哥令名，所以來投，可惜一路找下來，蕭大哥似已不出江湖，直到長安，才得一漁人指點，說是先行趕到終南，或可遇見，所以才前來……」

那老和尚歉意道：「阿彌陀佛，世俗事之欲望，貧僧久已絕緣，不知世間出了這麼個人物……可惜貧僧並未見過。」說著作禮離去。

這兩人十分懊惱。蕭秋水本已隱絕失意了一段時間，現聽得二人間關萬里，前來尋找自己，心下十分感動，一腔熱血都賁騰起來，在沁涼的灰濛山間空氣裡，直想長嘯作龍吟。

這時忽聽一人冷笑道：「蕭秋水有什麼了不起？」

另一人冷笑道：「他只配替我倒洗腳水。」

還有一人慢條斯理地道：「只有豬才會找他，供宰。」

三人說畢，哈哈大笑。

有三人幾乎在同時間霍然回首。

其中一人，就是改裝易容過後的蕭秋水；另外兩人，就是那兩瘋瘋癲癲的男女。只見在膳食堂的桌上，斜裡歪氣地坐了三個人。

三個年青人。

一人十分挑達，一腳屈膝，掛在長凳上，一眉既高，一眉既低地望著對方；一人一臉煞氣，一手頤案，樣貌十分威凜。

另一人則雙目垂視，始終沒有抬起頭來，似場中發生的事，與他無關一般。

這時五人對峙，所散發出的殺氣，頓令全場都驀然感受到，截然靜了下來。

那高眺長髮青年一拱手道，「在下人稱秦風八，這位是義妹陳見鬼，請問有何得罪之處，閣下何必出語傷人？」

那較矮的女子也正色道：「你傷我們不要緊，要罵蕭大哥，卻要交待則箇。」

那桌子上三人中的兩人，又哼哼嘻嘻地笑起來，愈笑愈忍俊不住，終於抱腹哈哈大笑起來。

那兩名青年，氣得鼻子都白了。

而且笑聲愈來愈響，原來他們背後，也有一男二女，在捏著鼻子嗤笑。

秦風八怒問：「笑什麼!?」

那兩個女子中，濃妝艷抹的那個嗤笑道：「這麼怪的名字呀，男的卻似女的，女的卻似男的！」

另一個裝模作樣的女子道：「——找他？蕭秋水是你乾爹麼？」那個陰陽怪氣的男子也道：「你們要找蕭秋水，不如找我們『費家』——」

他接著說下去：

「蕭秋水的兄弟朋友，全在我們處作囚中客哩。」

費家的人！

蕭秋水立起警惕。

猜叵這兩女一男的形貌，顯然便是費井樹的一子二女，「雙劍一刀」。

而那在座中的三人又是誰？

蕭秋水此番首度與費家的人接觸。

費家的人顯然不知道那鏢客打扮的人就是蕭秋水。

陳見鬼怒道：「你們擒蕭大哥的兄弟朋友，有何居心？」

那濃妝艷抹的女子道：「你這是多問！」

陳見鬼瞪眼道：「就算是多問，因爲是我的事，我是要問的——」他昂然接下去道：「我雖未與蕭大哥謀面，但私下當他作兄弟；他的事，就是我的事。」

那裝模作樣的女子道：「那你就先在黃泉路上等蕭秋水好了。」

一說完，「刷」地抽劍。

同時間，另兩人，一人拔劍，一人猛拔刀。

在拔刀劍的刹那，陣勢已佈成。

三人雙劍一刀，已圍住秦風八與陳見鬼。

三人包圍，氣勢淩厲。

秦風八兀自笑道：

「沒想到未見著蕭大哥，卻先打了這一場。」

陳見鬼啐道：「也好，先殺這一場，好給蕭大哥作個見面禮。」

蕭秋水聽得熱淚幾乎奪眶而出。而「雙劍一刀」陣勢，即要發動，就在這時，只聞一個女音呼道：

「慢著！」

另一個女音叱喝道：

「蕭秋水的事就是我們的事，要打架，算我們一份！」

蕭秋水一聽這語言：好熟。驀然回首，只見兩人已掠入場中，正是：

「瘋女」劉友與梅縣阿水！

廣東五虎中的兩名女虎將！

蕭秋水一見心中大悅，但他們卻認不出蕭秋水來。

只見瘋女跳入場中，劈面對秦風八、陳見鬼就「嗨」了一聲，道：

「我們也是從老遠來找蕭秋水的。『神州結義』盟主的事，蕭秋水非去不可，但迄今仍未露面，我們也是得一紫衣女子指點，上山來找……恰好碰見你們，哈！可真是同一道上的啊。」

梅縣阿水想擠上來說話，一不小心，卻給爐角絆了一跤，「叭」地跌得葷七素八，咧齒怒道：

「可惡！」

蕭秋水看見爲這兩不速之客而猶在莫名其妙、愕在當堂的陳見鬼與秦風八，不禁暗笑，頓憶起昔日的風雲人物——

——大肚和尚之奇特、鐵星月之放屁、邱南顧之歪理、李黑之古怪、洪華之樸實、施月之急直、林公子之自命風流……

終南山綿亙不知若干里，兄弟、朋友，——你們都在哪裡？

那濃妝艷抹的女子叫費心肝，裝模作樣的女子叫作費寶貝，那陰陽怪氣男的，就叫費澄清。

這二人都是費家之後，除了精於刀劍之術外，都有一兩手絕藝、他們眼高過頂，本就沒把中原武林高手放在眼底裡。

費澄清瞠然問道：「……你們……是一夥的？」

瘋女劉友道：「既都是蕭秋水的朋友，當然是一夥的！」

秦風八「卜」地一彈拇指，道：「對！既是蕭大哥的兄弟，自然是同一路的！」

——蕭秋水在江湖上名氣大，但武功本來不高，有這麼多人矢志同心追隨，不是依靠勢力的支持，或世家的撐腰，更無錢財的力量做後台，他的崛起，全憑是志氣、俠氣、正氣的感召，才使到素不相識的人服膺。

費澄清大喝一聲，一刀掃了過去。

刀鋒本來砍向秦風八，中途一迴，反掃瘋女。

瘋女陡遭此變，急危不亂，張口一咬，竟咬住刀身。

費澄清甫動，費心肝與費寶貝的長劍，也就動了。

兩柄劍如兩柄閃動的銀蛇，直向秦風八、陳見鬼背心刺來。

阿水怒叱一聲：

「讓我來！」人已如旋風，搶了過去，起肘，撞向費心肝；抬膝，頂向費寶貝。

於是梅縣阿水與潮陽瘋女，跟費家「雙劍一刀」就打了起來，反令原先的陳見鬼、秦風八二人，有無從插手之感。

這「雙劍一刀」配合起來，至少已經變幻了二十六個陣勢，隨時因情況而改換，對瘋打狂鬥的劉友和阿水說來，是無比的壓力。但劉友和阿水的奮勇闖陣，也是這「雙劍一刀」的剋星。

陳見鬼、秦風八見五人打作一團，難分高下，不禁有些耽心起來；座上三人，舉止輕佻的，也引頸張望，樣貌威煞的，也凝視場中，唯有中央那年輕漢子，身裹錦衣，依然不抬頭、不舉目，望著桌上他前面的一雙筷子，宛若那雙筷子長了對翅膀似的，任何事物，都換不掉他的專注。

拾貳　秦風八與陳見鬼

費家三姊弟的刀劍之陣，一波三折，原本是衝殺千軍萬馬之中，而又能迴身互救，首尾呼應的戰陣，普通都是在以寡敵眾的情形之下施用，費家姐弟，一向自恃過高，所以此戰陣換作敵寡我眾之時，圍殺一、二人之戰術，反而無從發揮。

瘋女的瘋癲潑辣拳法、阿水的跌撞碰砸拳路，把費家三姐弟打得喘不過氣來。

就在這時，情勢又變。

費澄清的刀身，「嗖」地遽然增長，成了掃刀；費心肝與費寶貝的劍身，也驟然加長，變作長刺，剎那間兵器機簧發動而變形，使阿水與瘋女猝不及防，身上都掛了彩。

但是這兩人不掛彩倒好，一旦受傷，更加兇猛：「兩廣十虎」，無一不是從市井中一層一層打上來的，身經何止百戰，所以愈戰愈勇，瘋女使出「瘋癲拳」，阿水則使出「跌撞拳」。

「瘋癲拳」的祕訣就是「瘋瘋癲癲」，「跌撞拳」的祕訣也就是跌跌撞撞，這本來都是犯兵家之大忌，但在最險中求勝卻是兵家之上策，這兩種拳頭，故意破綻百出，但因以絕對個人意旨爲中心，反而把對方千變萬幻的攻勢，消解於無形。對方只能打起十分精神，以應付這種瘋狂的拚決。

瘋女爲人甚是大路，不像一般忸怩女子作風，所以打法大開大闔，眼看幾次要被刺中，可是對方也怕與之拚個同歸於盡，只好跳閃逃開。

梅縣阿水天生殘缺，馬步浮搖，她卻利用這個特點，碰撞頂靠，連消帶打，反而逼住了敵手。

一時之間，費家「雙劍一刀」，大爲吃驚。三人忽然長呼一聲，刺、刀驟折爲二，三人俱變成雙劍雙刀，展開奇異刀劍之陣，砍劃而至。

但也在同時間，阿水和劉友同時長嘯一聲：

「破鑼！」

這一聲長嘯過後，兩人猝然搶攻。阿水一頭撞入費澄清懷裡，費澄清雙刀不及封鎖，「砰」地被撞得口噴鮮血。

費心肝揮劍求救，瘋女大喝一聲，雙腳飛起，費寶貝雙劍一攔，反斬瘋女雙腿，但突然間「嗤嗤」兩道飛快的影子「啪啪」地打中了她的臉頰上，只覺臭味難聞，人卻金星直冒，一跤坐倒。

原來瘋女在剎時間，踢出了所穿的鞋子，擊倒了費寶貝。費心肝被瘋女阻得一阻，阿水已返轉過身，卻一跤跌了下去，費心肝只覺眼前人影一空，雙腿卻已被人緊緊箍住，瘋女「嗖」地一口沫液，吐在她臉上，一時不能見物，「砰」地捱了一拳，飛了出去，半晌爬不起來。

一時間，費家二姊一弟，盡皆倒地不起。

原來阿水與瘋女的「破鑼」一句，是彼此的暗語，此語一出，兩人就將平時配合無間的「瘋癲拳」與「跌撞拳」的精華發揮，力挫強敵。

兩人雖已擊倒「雙劍一刀」，但受傷亦不輕，氣喘吁吁。這時場中忽又多了兩人，原來是那座中三人，也沒見他們怎麼動，卻一下子來到了場中。

那兩人自報姓名，浮滑的青年說：「我是費家費洪；」威猛青年道：「我是費家費曉。」費洪嘲諷地道：

「妳倆居然打敗了費家的三個沒用的人，就讓我們來教訓教訓你們。」

原來費家成員，也各有成見，費逸皇、費井樹兩系，因承接費家衣缽問題，也鬧得頗不愉快；但費漁樵昔日深受家庭分裂之苦，所以全力壓制，才不至釀成分裂，但也勢成水火的現象。

「不公平！」只見一鏢師打扮的黃臉漢子道：「她倆已戰累，你們此時挑戰，不公道！」

費洪、費曉相顧一眼，心中都暗忖：此人易容！但都不知這兩撇髯子的堂堂大漢，是什麼來路？費洪當下冷笑道：

「什麼公不公平！且看看所謂的廣東俠女是不是浪得虛名的！」

真是吹脹不如激脹，梅縣阿水第一個憋不住，跳起來大呼道：

「好哇！小兔崽子，就算是車輪戰，老娘也挑了！」

阿水一跳出來，瘋女當然沒理由讓她獨戰，也躍了出來，叱道：

「呸！有膽放馬過來！」

費洪嘻笑道：「這就對了。」

一說完，手上多了一柄劍。

這柄劍也沒什麼奇特，但費洪眼睛不瞧敵人，只盯著他自己的手中劍。

阿水、瘋女因此也戒備起來，全神貫注。

費洪忽然將劍迎風一抖，劍身居然寸寸斷裂，又似被一條細鏈穿在一起般，變成了千蛇百星，猶如暗器，又如千百片劍，向兩人罩來。

就在此時，費曉也出手了。

他用的是十字槍。

阿水、瘋女驚退，十字槍就攔在她們背後。

阿水一彎臂，一閃身，箍住了十字槍，正想運力一拗，扳斷槍身，但十字槍一抖，旋轉「嘶」地割入了阿水的脅下去。

瘋女那邊也同時遇險，那口「千蛇百星劍」突然卻似有什麼力量一般，迸噴了出來，千百點劍片，打向瘋女身上。

才一照面，瘋女、阿水已然不敵。

費逸皇嫡系的高手，果然比費井樹外系的子弟強多了。

就在此時，一聲斷喝，一條人影飛來，一陣急抓亂撥，居然以一雙空手，把劍片盡皆掃落，鏗鏘落地。

也在同時，另一條黑影一閃，一出腳，不偏不倚，把十字槍矛尖挑起，血肉飛濺，另一腳卻把梅縣阿水踢走。

潮陽瘋女與梅縣阿水死裡逃生，猶有餘悸，回首一看，卻見陳見鬼、秦風八二人，心裡都有「再世爲人」的感覺。

費洪、費曉二人臉上卻變了顏色。

費洪這才重視起來，怒問：「你們……究竟是哪一幫哪一派的人……？」

陳見鬼冷笑直：「你總聽說過『丐幫』罷？」

秦風八冷冷地道：「那你也聽說過『丐幫』有兩大護法罷？」

費洪變色道：「兩位可是……可是外號『閻王伸手』和外號……『鍾馗伸腿』的……兩位高人？」語態上已不知客氣了多少倍。

陳見鬼道：「我就是『閻王伸手』。」

秦風八道：「我就是『鍾馗伸腿』。」

費曉插口道：「我們費家……跟丐幫素無怨隙，兩位因何來摸這趟渾水？」

秦風八臉無表情地道：「因爲是你們先動我們。這兩位……姑娘……是因爲救助我們，所以才傷成這個樣子的。這原是我們的事，我們當然不能坐視。」

——他講到「姑娘」時，目光斜瞥阿水、瘋女兩人，邋里邋遢的，兇巴巴的，真是有些尷尬，幾叫不出口。

費洪暗笑道：「那我們賞面給兩位兄台，也不對付這兩個婆娘，這下兩不相欠，可得了罷？」

陳見鬼扳了臉孔：「不行。」

費曉勃然問：「爲什麼不行!?」

秦風八道：「不行就是不行。你們已刺了人一槍，又有千奇百怪的劍狙擊，差點都害你們弄出了人命——就這般算了？」

陳見鬼接口道：「更何況……你們剛才語氣中侮辱了蕭大哥……」

費洪詫問：「蕭秋水跟你們有什麼關係？」

陳見鬼斷然道：「沒有關係。」

秦風八道：「家帥裘無意，對蕭大哥的印象很好，這趟西來，也無非爲了勸蕭大哥角逐『神州結義』盟主一事。」

裘無意是丐幫幫主。——但蕭秋水卻不認識裘無意。裘無意如何得知蕭秋水可敬之處，倒教蕭秋水費解。

——但是在權力幫未崛起前，丐幫理所當然是天下第一大幫，聲勢駭人，現在雖然聲威大減，但費氏兄弟依然不敢隨便樹此強仇，

費洪強笑道：「冤家宜解不宜結，兩位對蕭秋水，也並無什麼淵源，不如就此算了。……」

只聽秦風八冷冷地道：「如果費兄這番話，在咱們亮出字號之前說的話，那一切都好商量……」

陳見鬼斬釘截鐵地道：「等到現在才說，不過是趨炎附勢——沒人情講！」

費曉佛然道：「他媽的王八羔子，真以為老子怕了你不成!?拚就拚罷！」

一說完，十字槍「呼」地一劃，戳了出去！

陳見鬼閃電一般，雙手已扣了十字槍的交叉點上。

就在這時，十字槍突然斷了。

原來不是斷了，而是從中折而為二，費曉左手執另一端，端尖突然彈出一截稜形鐵刃，直捅了出去！

這下變化極快，稜刃已刺入陳見鬼的左肩。

陳見鬼卻絲毫不覺痛苦，右拳已揮擊，打中費曉。

「嘶」地稜刃撕下陳見鬼左臂一截衣衫，才看出陳見鬼的這隻左手，是鐵鑄的：

費曉被打飛出去，咯了一口血，可是他手上的兵器，又有了變化。

十字槍的槍尖猝然離柄飛出！

陳見鬼飛起，仍被槍尖釘中大腿。

在電光石火一接觸間，費曉被打得重傷倒地，但陳見鬼也傷了一條腿。

只聽秦風八冷冷的道：「費家的兵器，神奇得緊呀！」

費洪皮笑肉不笑地道：「費家的暗器，也不遜色！」突然，一掌拍出，秦風八一攔掌，格開一招，費洪又一招手，打出四顆琉璃球！

費洪一出手，秦風八已跳起，霎時間他已踢出四腳，把琉璃球都踢了回去。

本來他這一下是反守爲攻，但可怕的是，那四顆琉璃球才一觸及他的腳尖，便炸成煙霧。

濃霧紅色。

「不要呼吸！」秦風八一面捂住鼻子，一面大呼，他是怕廟裡的香客吸著了，會不得了，誰知剛呼叫完，腦中一陣昏眩，只聽費洪嘿嘿笑道：

「倒也，倒也。」

原來費洪這琉璃球，是沒有毒的。但與秦風八先前所對的一掌，卻含有劇毒，煙霧一起，秦風八要捂住鼻子，便中了他手上沾有的迷藥，全身發軟，費洪得意地笑著走近。

就在這時，秦風八忽然跳起，踢出。

費洪早料到秦風八會瀕危反擊，所以早有準備，一揚手，又打出六道晶光。

這六道晶光，有快有慢，有的呼嘯，有的閃光，分六個角度，攻擊秦風八。

但是秦風八卻並不是向他跳來。

所以費洪的出擊落了空。

秦風八是跳向那煙霧裊裊的大香爐，一腳踢過去。

香爐夾著灰與燙辣的香火，迎頭罩下來。

費洪大叫閃身，因吞著香灰，聲音一啞，眼不能視，秦風八一腳踹出，剛好命中，費洪一面捂臉，一面咯血，情形甚是狼狽。

但是秦風八已然力竭，萎然軟倒，想是毒藥發作了，無法再支撐下去。

費家費澄清、費心肝、費寶貝、費洪、費曉與阿水、瘋女、陳見鬼、秦風八力拚的結果，是兩敗俱傷，玉石俱焚。

這時在戰鬥中、煙霧中，一直沒有抬過臉來的青年，忽然抬頭，目光如電，大喝，桌子粉碎，拔刀，飛躍十三丈，到了秦風八身前，一刀斫下去！

這下突變，陳見鬼、阿水、瘋女三人鼓起全力截擊，但三女雖分三道防線分襲來人，但在同時卻被反彈了出去，伏在地上，喘息不已。

到第三道防線，來人才稍停下，只見目光銳厲，一張臉不知怎的，就是不像人的長相，全臉發黃，目光發黃，像患了黃疸病的人一般，可是卻令人不寒而慄。

他稍停著，雙手抱刀，豎與眉齊，

費洪忍痛笑道：「這是我們費家年青一代第一高手：費丹楓。」

陳見鬼等聽到這名字，知道自己真的快要見鬼了。

費丹楓在江湖以及世家中的地位，類似昔日費家中最出類拔萃的人物：費仇。

費仇連挑十九高手，幾乎重振費家聲威，差點就躍登「武林四大世家」首座——如果不是遇到了慕容世情。

費丹楓是六十年後，費家最出色的後代。

費漁樵最賞識的就是費丹楓——雖然費丹楓並非嫡系所出，但他卻是在費家子侄中，最具才華及最有殺傷力的一人，就像一顆大海中的明珠，雖非人造的奪目搶眼，卻自具連城價值。

但這幾年來，費丹楓因練奇門雜學，不但人心大變，連容貌也大爲變更，——也許他一心想承繼費家的衣缽罷，但這點利慾也唆使他成爲費家中殺人奪權取名獲利最凶最狠的一人。

然而費丹楓是有真才實學的人。他十七歲即擊敗太行山之王痍小天，二十歲在一夜之間，連敗「長山小四義」，而且在詩壇上，被稱爲「詩鬼」，詩風淬厲狂誕，在畫壇中，也被譽爲斧筆，每一筆俱有大點刷下來，如驚天地，泣鬼神一般的厲烈。

費丹楓主掌在終南山，就是等於守住了費家在華山的咽喉。

而他陣守的三年來，從來沒有人，能過得了他這一關。

他決定要殺死秦風八，再殺陳見鬼、阿水、瘋女這一干人。一個活口也不留。

他不希望與整個丐幫爲敵。裘無意的威名，雖略不如少林天正、南少林和尚、武當太禪，但絕對在其他十四大門派掌門人加起來之上。費丹楓還想闖蕩江湖，且還要嶄頭露角，這還得要「神行無影」裘無意的提攜，他野心愈大，愈不想開罪裘無意。

所以他更加決心要殺人滅口。

殺掉丐幫兩個護法，也許有一日，這使到他更容易當上丐幫的長老。

——這就是費丹楓無所不在的野心。

就是費丹楓躊躇滿志的時候——他每次殺人，因掌握著「生殺大權」的這個意念而興奮得全身發抖——忽然有人喝道：

「住手。」

費丹楓勃然冒火，他慢條斯理的斜盯過去，其實要掩飾自己被人所阻的憤怒——

只見一名兩撇鬍子的黃臉漢子。

費丹楓馬上意識到：這人是經過易容的。

易容的手法，是費家的，而且十分粗陋，令人一看就看得出——但是這人卻令費丹楓感覺到，此乃平生勁敵！所以他又興奮得全身微微抖著。

「你是誰？」

那人掀開了易容之物，好一個眉清目秀但英悍神氣的青年！

費洪不希望多結怨隙：今天上終南山來的人，看來都不怎麼好惹。於是問道：

「這是我們自家的事，不跟你有關。」

那漢子道：「跟我有關。」

費丹楓冷冷地，冷冷冷冷地，再問了一次：

「你，是，誰？」

那漢子靜靜地，靜靜靜靜地，回答這句話：

「我是蕭秋水。」

——蕭秋水來了！

——蕭秋水終於出現了！

受重傷的阿水和瘋女，忍不住雀躍歡呼，但都不能宣洩心中的喜悅。陳見鬼與秦風八卻直瞪了眼。

——這人哪，原來就是我們要找的人！

費丹楓目光收縮，一字一句地道：

「你，是，蕭，秋，水？」

蕭秋水沒有答這一句話。他反問：

「我的朋友呢？」

費丹楓一臉狠色，道：

「闖得過了我這一關，再到華山去找罷。」

費丹楓說完，心裡卻一凜，怎麼能這樣子說話！好像這人已能過得了他這一關似的，自己已透露出他朋友的困囚處！他轉眼一看，蕭秋水眼睛裡已有了笑意。

可惡！

——不能憤怒。憤怒易敗。

費丹楓立即這樣告誡自己，可是他又因自己意識到「敗」而懊惱著。

然而秦風八、陳見鬼都亮了眼神。蕭秋水果然是蕭秋水！一上來第一句話，就是問他朋友的下落！

拾參　第二次決鬥

費丹楓信任他自己的刀，他的刀有十七種變化，任何一種，都足以使一流高手喪命。費家的所謂「變化」，不是招式上的「變化」，而是致命、狠辣的，融合各種奇門異術的「絕招」。

「你既是蕭秋水，便活不下終南。」

蕭秋水淡淡地道：「我不下終南。我上華山。」

費丹楓怒道：「把『天下英雄令』拿出來！」

蕭秋水眼光注視遠處，彷彿只有終南那山、那水，方才值得他一看的。

「你配嗎？」

費丹楓一下子憤怒得全身抖了起來。

——不要生氣，費丹楓，不要生氣！

他暗自警告自己，一面抑制憤怒。

偏偏蕭秋水的眼裡又似乎有了笑意，彷彿以爲他的發抖是因爲懼怕——

——我才不怕你！

費丹楓終於按捺不住，一刀劈出！

刀風霎時間佈滿了狹仄的膳堂。

蕭秋水的身形已飄出了膳堂，到了神殿。

刀風立刻又追到了神殿，且充斥了神殿：

蕭秋水又逸出了神殿，到了門檻。

刀風又粉碎了寺前門階的寧謐。

蕭秋水又飛了出去，到了擺在天壇前，那一口極大的、六人合抱寬的繁茂香爐邊緣上。

——你這豈不是找死！

費丹楓心忖。他跟著也飛上了香爐邊緣。

寺裡的人都追出來看：只見灰濛山景，兩人宛在天邊，衣袂飄飄，來往閃忽，背後是一片空茫的天色，好像連沁涼的空氣，裊升的香煙，也是一般無情。

大家卻沒有注意到圍觀的人叢裡，多了五條戴竹笠的鮮衣大漢，靜靜地默視著。

費丹楓一刀劈下去，這一刀龍騰虎勢，不但可把人劈成兩半，也可以把鐵爐斬成兩半。

但是到了中途，刀勢全改。

刀改由刀背拍落，擊在香爐裡！

「蓬」！香灰激揚，全迸噴向蕭秋水！

然後費丹楓的刀橫掃，卻在刀柄間，忽忽二聲，噴出大量的毒液，而他空著的左手，也打出四、五種不同的暗器！

有些已經不可以說是暗器，而是毒物——活著的毒物。

隨便任何一樣毒物，或一件兵器，只要沾著蕭秋水，——蕭秋水必死。

可是蕭秋水沒有死！

他突然脫下鏢客的披風，一張一罩，便把費丹楓連人帶刀帶暗器包住。

——當然連香灰也裹了進去。

費丹楓才掙扎了一下——才掙扎了那麼一下子，便不動了。

蕭秋水打開布包，費丹楓七孔流血，「砰」地倒在香爐裡，身子炙著了香枝，「吱吱」地燒響了起來。

——也許他以刀拍香灰，褻瀆了神明罷？死了後連香都要燙他。

費丹楓中了自己的毒，——連香灰給他那一拍，都是有毒的。

所以他死得很快——雖然死得雙目凸露，死得不服氣！

這是蕭秋水第二次決鬥。

——其實應該說，蕭秋水得「無極仙丹」之助，受武當、少林、朱大天王一系及權力幫一脈「八大高手」相傳後，第二次單打獨鬥，一對一高手的對決。

——蕭秋水是用了章殘金、萬碎玉運使「殘金碎玉」掌法時的「金玉遊龍」身法，退出寺內，而在香爐上乃運使「東一劍、西一劍」的「東忽西倏」輕功與之周旋——

但這一戰最令蕭秋水愉悅的是：他在搏殺強敵時，用的卻是他自己的手法。

他已經越過前人，有了他自己。

他在與妻小葉一戰中，以對方斷劍絕招搏殺對手，已經稍具雛型：而這與費丹楓的一戰更能確立他的未來趨向。

他望著空濛的天色：天意無情，是在人心。每一個人都有他特殊的形式，而也有特殊的安身之地，所以也有特別適應他的生存方式和死門。只要運用高超的武藝與智慧，找尋那安命之所，就能無敵，就像蛇畏硫磺，大象懼鼠，蝴蝶都知道季節流變飛往一個地方一樣。只要天地是闊大寬邈的，所以無瑕可襲。

蕭秋水兀在香爐上發怔，遠漠蒼白的天色，加上他深鎖的劍眉、裊裊上昇未滅的香煙，以及倒在他腳下的屍首，使蕭秋水看來猶如誅殺惡魔的天將，在替天行道後又生了大慈悲，故有鬱色。

要不是有這樣的感覺：梅縣阿水、潮陽瘋女、秦風八、陳見鬼等必定已歡呼。費家的其他五個人沒有上前來收屍，他們已不見了。

費丹楓一死，他們就溜了，逃得一個也不剩。

這屍首後來還是蕭秋水親自鋤的，親自埋的。

他在墓碑上用劍刻了幾個字：

「費家的人」。

——生爲費家人，死是費家鬼。

他以爲費丹楓會喜歡。

——他當然不知道費丹楓是因爲不想僅止作爲費家的人，所以才野心勃勃，自詡高明，結果死於橫逆，成爲費家的冤魂之一。

不過這也並不重要，反正終南山多霧，不久墓碑即生青苔，連那幾個字，也被蔓長得看不見了。只是那青苔不似一般綠茵，反倒是生得一片慘黃，長在墓碑上，乍看來就似一張人臉，不，像費丹楓生前的臉一樣。

蕭秋水決意上華山。「我也去。」陳見鬼說。「我們一齊去。」秦風八道。「我們本來趕到陝西來，是要接蕭大哥過去參加『神州結義』同盟盛會。我們皆一致認爲，領導大家非蕭大哥莫屬，故此才要蕭大哥去一趟。」瘋女道。

蕭秋水這時再沒有謙讓。因爲他已看出了這武林的情形，要一個年輕的「盟主」出來，一定要能代表正道力量，而不只是「榮譽」而已，更重要的是「責任」。以及負擔起這個「責任」的「責任心」。

所以他只是問：

「是在哪一天？」

「三月十二。」

陳見鬼即道：「那天陰雨。」

秦風八皺眉道：「腥風血雨。」

這兩人是丐幫的重將，在裘無意嚴訓之下，對星象，卜筮、氣候、時令等都有特殊了解的異能。

「我會去的，」蕭秋水道：「但是我要先辦完這件事再說。」

「那末我們一起去，」阿水說。

「反正要回去，就一道回去。」劉友也道。

「一齊去闖蕩也好，」蕭秋水對阿水等笑著調侃道，「可別又摔跤了。」

事情就這樣定下來了。於是一行五人，同上華山。煙霧空濛，山風颯烈，他們自終南出發。

到了玉泉書院，蕭秋水等人雖藝高膽大，但也素聞西獄華山的險峻。

「只有天在上，更無山與齊。」

他們在這「千古華山一條路」下，酣飲清泉，然後才背上行囊出發。

所謂行囊，秦風八與陳見鬼二人，大大小小的痲袋背了十七八包，也不知是什麼事物。蕭秋水等人都知道丐幫門戶中有許多奇文異規，所以並不過問。

梅縣阿水，換上一襲朱赭勁裝，膝上還是照慣例，開了兩個洞，以免仆跤時把褲子磨破。潮陽劉友，還是瘋瘋癲癲，神經兮兮的，不過也有幾分姿色撩人。蕭秋水心想：要是那好色的林公子在，一定過去打情罵俏，那搞不好會被忽發花癡的劉友咬上一口。

他心裡想著，不覺暗笑。旁人看去，只見他眉帶鬱色，卻精悍過人，穿白衣長衫，介於文秀與英氣之間，很難捉摸。

「蕭大哥，如果你當上了『神州結義』的盟首，你有什麼打算？」

這時陽光照在松林中，一綹一綹的陽光，好像到了樹枝遇到了彈性似的，反照下來，灑在人的身上，好像細雨一般舒暢。蕭秋水仰著臉好像在鵠飲著無私的和熙的陽光。陽光好金好亮，當華山的風掠過，全座山的松樹都搖首擺腦，發出「呵呵」的聲音。這就是華山有名的松濤。

「沒有打算；」蕭秋水答。「我是從一座山，走到另一座山。」蕭秋水笑得溫熙如春陽：

「我不是去打獵的，我愛這些山。」

瘋女和阿水都似懂非懂，好像松風在訴說些什麼，是華山上那秦宮女玉姜的故事罷，還是齊天大聖打翻太上老君煉丹爐的傳說……她倆不懂。

陳見鬼說：「不過一般的領袖都是先有所允諾，他出任後要做什麼做什麼的……」

蕭秋水望著對面的山。這邊的山柔靜陰鬱，對面的山被金色的陽光灑得一片亮晶。真是好像仙境一樣，有什麼喜樂的事，如昇平的音樂，在那兒樹梢與樹梢間盪跌著、迴樂著的……

「我不是領袖，我只是決鬥者，或寧寫詩、繪畫、沙場殺敵。」

秦風八道：「那你跟什麼決鬥？」

蕭秋水臉中掠過李沈舟那空負大志的眼神……他說：

「我跟自己決鬥。」

「我不懂。」連秦風八也嘀咕著。

「要跟自己決鬥……」蕭秋水笑了，「首先要擇劍、排除萬難、找到自己……」

他誦詠著兩句：

「只有天在上，更無山與齊。」

他信步前行，走上千尺幢。石上寫「迴心」兩字。還有石壁右書「當思父母」，左書「勇猛前進」。這千尺幢扶搖直上，不知深遠，僅一鐵鍊供手攀扣，上天開一線，幾至爬行，始能直立，是謂萬夫莫開之勢。蕭秋水微笑，把他頭上的儒巾擷掉，綁在「回心石」上，然後灑然前行。四人茫然相顧，只有跟著過去。他們並不知道，這是少年脆弱的蕭秋水，進入成熟生命的伊始……

迴心洞天插壁立，登華山僅此一道。

登道共二百七十四級，既陳且長，陰森逼人，陰峻凌空，出口只有一個，圓若盤盂，古稱天井。

在此狹仄的洞口，有一塊鐵板，只要一經封蓋，即與山下的人斷絕了。

此刻「天井」沒有封蓋。

蕭秋水的身子幾與蹬道梯級平行，昂首望去，猶可見一絲天光。

但蕭秋水望不到「天井」旁的事物。

所以更不知道那兒匿伏著有人。

四個人。

費洪和費曉。

費洪和費曉並不可怕。

可怕的是費洪與費曉身邊的兩人。

一個人，書生打扮，但臉色慘青，一柄掃刀，就擱在從千尺幢登百尺峽的蹬石上。

這人不曾抬頭，但沒有人敢走近他：連費洪、費曉都不敢。

在「天井」隘道上，有一婦人，高大，挽髻，長臉，高顴，雙手高高舉起一柄劈掛大刀。

刀漆黑，至少重逾七十來斤，而婦人臉上凝佈之煞氣，卻至少重若萬鈞。

他們正在等待。

等候蕭秋水一步一步走上來。

蕭秋水扶級而上。千噚的壁谷，群山深遠處，那麼靜靜的翠谷，真該有唐方迎照在陽光下，吹首小笛……蕭秋水是這般想。仰頭可眺重嶂疊翠，奇峰聳峙的高山；俯視則可見潺潺長流，清可見底。那高山是我，那流水是唐方……不知是什麼樂曲，給蕭秋水改了歌詞，這樣地唱。

然而危機佈伏在蹬道的盡頭。

那是必殺之機。

那一男一女，是夫婦。而且是費家的要將。他們就是費井樹與封十五。

費井樹是費漁樵的長女，她專霸之名，傳遍武林，使高傲慢倨的沒落世家子弟封十五，也有季常之癖。

封十五就是那慘青臉色的漢子。「封家掃刀」本是天下聞名的「八種武器」之一，後來封家敗落，爲唐家所摧毀，封家使掃刀的高手，只剩他一人。

他向自負傲岸，又不肯將絕技授人，「封家掃刀」於是沒落，他也因此入贅費家，心裡有懷才不遇的志魄，所以出手就似每一刀每一掃都要別人以血來洗他的恥辱一般狠絕。

費井樹的劈掛刀，封十五的掃刀……在江湖上、武林中，是二絕。但他們驕傲得從不肯合擊過。所以費井樹守著「天井」，封十五則望著山谷。

費井樹的劈接刀高高舉著……

還有十來步，就到「天井」之處了，蕭秋水俯手仰著，看過去，望不到什麼。

然而那首歌，遙在蕭秋水心裡縈迴不絕。那松風簌簌地吹過林子，催動了蕭秋水的衣角：是要細細地告訴我什麼嗎？蕭秋水沒有聽見，他想，一定是唐方寄溪流，傳山嵐，寫在雲上、水上的話語。

他真懊惱他未曾聽見。

然而風，是逆著吹的。

也就是說，風是鑽過「天井」，吹送下來的，風穿過費井樹高舉掛刀的衣角，費井樹全神貫注，雙手高舉，所以不能捺住衣褶。

「來的確定只是蕭秋水和丐幫的人嗎？」

「還有廣東五虎的人。」

「那不打緊。肯定上官族的人不在嗎？」

「不在，他們的人，都出來了。」

「你們三個，去通知山上，」費井樹道，「你們四個，留在這兒。」

「幾個小毛賊，還用這般陣仗？」封十五冷冷地、毫無表情地訕嘲著，

他被費漁樵安排到這山隘上截殺上官族的人，他本就覺得大材小用，很不服氣。所以他就採取不合作的態度，把掃刀放在一旁，閑著沒理。

費井樹也沒理睬他。她也自信她應付得了，不過她是費漁樵愛女，遇事甚有分寸，先囑她自己的子女費澄清、費寶貝、費心肝等人先上山報告去，卻把哥哥費逸皇的一對兒子：費洪與費曉留下來。

「能殺丹楓的，多少有些能耐；」費井樹道：「不可以輕視。」

她明知一個蕭秋水沒有什麼了不得，但她定是要在這隘仄的進口裡施狙擊，除此強敵。

這是她的本性。

費洪與費曉目睹過蕭秋水的本領。他們知道蕭秋水並不好惹，所以弄了一塊巨大石頭，對著磴道，準備姑母一擊不中時，再推落石塊，棧道如此狹隘，石塊滾下時，一個也躲不掉。

——其實誰能躲得開姑母那百發百中、且意想不到的一擊呢！

——如果躲得過，也成爲這石下冤魂罷了！

——就算連石也砸不死他，還有姑父的掃刀——他們雖是費家的人，但也知道誰也躲不過封家的掃刀。

——趁一個有資格成爲高手的年輕人未崛起、成功、立大業之前，先把他砸殺了，那就永絕後患了，這方法一向是費曉、費洪的殺手鐗。

所以蕭秋水是死定了。

蕭秋水離石蹬隘口只有幾步路了。

然而他心裡還是在響著他認識唐方時的那首歌……

郎在一鄉妹一鄉；

有朝一日山水變……

稿於一九八〇年三月五日陷於宵小和政治陷害的「神州大逼害」中，正全力捕救、尋索、掙扎中

校於一九九三年七月十五日

術數大師在明報上未徵得同意轉載我文／「中國友誼版」之「傷心小箭」即將出書，稿費亦已匯出／楊波、黃澐、孔悅等讀者來函／友誼版「神州奇俠」新版稿費新法滙寄／發現有花城盜印版，「布衣神相」海盜版、「西風冷畫屏」冒名偽作／「少年鐵手」、「四大兇徒」、「遊俠納蘭」版稅得沈兄通知將滙至／「神相李布衣」稿費由慶均兄靈活處理／湖南文藝出版社

推出「遊俠納蘭」和偽作「劍歸何處」／方已簽訂新租約／重進修佛家念力氣功／初訪方居
修訂於一九九七年十二月二十三至二十五日
在澳／康辦新證，領事有礙，中旅順利，有讀者相助／識上海體操家張如，Sky heart ／余趕來會聚，晴詢之為何對「壹」事件冷漠，好玩／旅次中仍大趕「天下無敵」／最低調度農曆生日／梁何康請我吃四五六，生日閒淡而溫馨，可／昔日繁華熱鬧渡，今日清閒知足過

第四章　華山故事

拾肆　第三次決鬥

蕭秋水踏上了最後一步石階。

下一步石階，該通向哪裡呢？

就在這時，蕭秋水突然感覺到一件怪事。

風自「天井」的縫隔裡吹來，本來漸次強動，使他的眼有些睜不開來。

他幾乎是閉著眼神，想著唐方，冥想著走上來的。

但是風勢忽然弱了。

迎面的風勢陡然終止，但兩側與下擺的風勁依然。

蕭秋水心念一動：洞穴那邊，有事物在擋路。

但在窄狹的磴道上，不可能植有樹木：如果有人，也該有聲音——

就在這瞬間，他邊思想著，頭手已穿過「天井」。

也在這瞬間，費井樹尖喝一聲：

「噯呀——」

以泰山電殛之勢，直砍而下！

這下間不容髮，蕭秋水無可退，閃電般出劍。

他拔劍的動作與出劍的動作幾乎是同時完成。

出劍的動作與收劍的動作也是在同一刹那間。

費井樹掣刀的手停在半空——僅差蕭秋水額前不到半尺，蕭秋水的劍已閃電般刺入費井樹的胸脯，又拔了出來。

在費井樹背後的費洪和費曉，只見姑母高舉起劈掛刀，只到一半，忽見她背後「突」地露出一截劍尖，又「嗖」地縮了回去——

然後姑母的劈掛刀就止住在半空。

費洪十分機警：他知道姑母完了。

他立刻與費曉招呼，兩人推動巨石，直滾落了下去。

就在費曉與費洪一怔之間，蕭秋水的身子已完全穿出了隘道，看清了當前的情勢。

費井樹卻完全看不清。

她不相信她已中了劍。

但是事實上她不但中了劍而且對方已經把劍抽了回去。

她的體能力量已被這一劍粉碎，但精神力量未死，她還爲那驚天動地的一劍而詫異著。

就在這時，一股大力，自背後撞上了她。

當她省及，這股莫可形容的大力就是兩個子侄推動之巨岩時，她已經被輾在石上，直向磴道撞落！

蕭秋水乍見那婦人還凶神惡煞向他撲來，嚇了一跳，馬上發覺她背後有塊大石。

蕭秋水原來得及跳避，因他已穿出「天井」；但他知道他背後的人，在狹窄的磴道，這大石滾滾，無論是誰，都死定了。

所以他沒有避，反而迎上去，雙掌拍出！

就在石塊僅開始滾動，但未帶起長距離的飆力之際，他已以深厚的內力，雙掌亟力鎮住了巨石！

他頂住巨石的瞬間，頭上白煙直冒，陳見鬼、秦風八這時已雙雙穿過「天井」！

巨石頓住，費洪、費曉幾乎不敢相信自己的眼神：這人竟有此神力！

可是封十五已確定了一件事：他妻子死了。他鐵青著臉，比什麼都還快地抄起了地上的掃刀！

這時瘋女與阿水也掠過了「天井」。可是因爲太急，阿水因一個不留神，在石磴上摔了一跤。

蕭秋水大吼：

「快跑！」

巨石轟然滾下，蕭秋水似游魚一般，在電光石火剎那，已自岩石沿側穿了出來。

費洪、費曉兩人，立時迎上了他。

驚魂未定，內力耗盡——正是除掉對方的好時機。

所以費家兄弟要把握這個絕好時機。

同時間，封十五已橫執掃刀，衝了過去！

秦風八、陳見鬼二人要攔，全被這鐵青臉孔的人凌厲逼人的心魄和氣勢震開。

瘋女也不敢擋，封十五衝入四人之間，瘋女尖叫：

「阿水小心——！」

但是已遲。阿水剛剛起身，封十五一刀橫中，阿水哀號倒地。

封十五回刀，擺起架勢，正要再斬，忽然背後碰到一人的背後。

兩人同時回身：眼神裡交擊著奪人的精光！

背後的人是蕭秋水。

費洪、費曉已倒下：蕭秋水同樣用「東一劍、西一劍」的快招迅雷不及掩耳地殺了他倆。

可是他背部觸及一人，回頭，只見一鐵青臉色之漢子，橫提著掃刀，瘋女撕心裂膽的呼號，而梅縣阿水卻已倒在血泊中。

他目中堅定地發出必殺的厲芒：

他知道他與這鐵青臉色的漢子之間，只有一人，能活下去。

風勢很大。

群樹在遠方譁然。

但封十五卻無法利用風勢。

因爲他平時太高傲：明知費家的人，很會利用天時，氣候，地勢……等等環境，但他總認爲一個高手，必不屑學這些……

就算是利用風勢，使蕭秋水無法全張目瞳，乃至於費井樹利用「天井」地形暗算，——封十五都以為無此必要。

現在他認為必要了：因為他的攔腰掃刀、氣勢還完全無法化解蕭秋水的巍然。而且山風直往他眼裡吹……

他稍微有些後悔的時候：蕭秋水就出了手。

千尺幢上，是百尺峽。

百尺峽高高聳峙，遠較千尺幢為險，不攀石壁上的鐵索，根本無法登步。磴道猶如直上青天。

這一行人哀傷的上去。

蕭秋水還是走在前面，他是揹著梅縣阿水的屍首上去的。

這廣東五虎中的女虎將之一梅縣阿水，未咽氣前流著眼淚，很是脆弱。

蕭秋水湊過去，跟她說了一句話：

「我已經替妳報了仇了。」

阿水也流著淚說一句：

「我這一跤，摔得好重……是我自己沒有走好……」

她斷氣的時候，封十五被蕭秋水打落深崖的身體，大概也落到了崖下，作爲了豺狼豹象的午宴。

——華山，還是要去的。

——尤其因阿水之歿，更是矢志要上去。

——待解決的問題是，何處埋葬她的屍身？

四人默默地前行，而景色漸漸迫入華山菁華之所在，奇峰怪石，蒼松青藤，山色疊翠，重嶂千峰。可是四人卻懷了四顆哀傷的心。

群山似在遠處，又似在近處，在這孤寂的山谷裡，卻像哀傷的笛韻，流露出人間惻悱的哀息。不知蕭秋水此刻經過山裡的迎著陽光或者躲在松蔭裡的小花，招招曳曳，有沒有想起唐方？

在寂靜無聲，大氣薄涼裡，蕭秋水沒有回頭，卻說了話。

「在我們後面，跟有五個人，不知什麼來路。」

三人俯視下去，從百尺峽望千尺幢的細路上，果然有踽踽而行，頭戴竹笠的五個人，穿鮮花色澤的衣服，正停在適才「天井」一戰之所在，

「不知是誰。」陳見鬼喃喃自語。

在其他人俯瞰的時刻，潮陽劉友卻抬頭，只見蕭秋水冷靜深沈，精悍的體魄，衣袂隨風飛揚。

——這跟昔日在五龍亭救拯的蕭秋水，有多大的不同呀。

瘋女心裡邊如此尋思。

千尺幢，原來的磴道上，站著五個人，他們各穿紅、藍、黃、綠，黑五種顏色的鮮衣。

「好厲害。」黃衣人判視現場，這樣說。

「蕭秋水方面，也死了一個同伴，只不過已給他負走。」綠衣人指著地上有一灘鮮血而無屍首處道。

「連被他打落懸崖的封十五，一共四個人，全死於蕭秋水一人的劍下；蕭秋水這個人，誠如老大所說，不可輕視。」紅衣人凝重地道。

「封十五掉落山下至一半，猶能攀住岩石，卻恰遇我們經過……我補他那一記，他那驚駭欲絕的表情！哈哈！螳螂捕蟬，黃雀在後，有蕭秋水替我們打前鋒……」

黑衣人用拳頂起竹笠，仰臉，陽光照在他縱橫刀疤的臉上，他截斷了藍衣人的話語。

「蕭秋水也不簡單，如果我所料不錯，他在上面已發現了我們。」

「車箱入谷無多路」——是杜工部的詩。

蕭秋水等人這時已到了車箱谷。

華山雄奇嚴峻，共有五峰，分東峰、南峰、中峰、西峰、北峰，五峰筆立，高出雲表，遠遠望去，如指微張，這五峰亦宛若蓮瓣，故名華山。華山雖屬秦嶺山脈，但卻孤聳於大平原上，千仞峭壁與坦坦平原眉目分明。

秦風八由是問：「華山有五峰，費家的人，把梁大俠等，擄去哪一峰？」

蕭秋水當然不知道。

「唯有從最近的山峰開始找起。」

陳見鬼瞠然道：「如果都沒有呢？」

蕭秋水淡淡地道：「那就一寸一寸的，找遍華山。」蕭秋水又補充了一句：

「如果失蹤的是我們，梁大哥也會這樣來尋索的。而且……」

蕭秋水領首引了引向山下，道：

「山下跟蹤我們的人，已經發現我們發現他們了。」

三人隨而望去，山下的路道上寂寂，果然已不見了五人的蹤影。

——那五人躲到哪裡去了？悄然身退？躲在松林裡？還是伏在峭壁上？他們到底是誰？

「不管他們是誰，但都不是費家的人。」蕭秋水說。

「爲什麼？」這兩個在裘無意座下相當足智多謀、博學廣識的人，也不禁迷糊了。

「我把封十五打下山崖，他的叫聲到半途，好像攀著了什麼，沒有再叫，變作呻吟……」蕭秋水沈吟道：

「然後又一聲驚駭欲絕的慘嚎。是那五人殺死了他。」

秦、陳二人，這才省及，適才在磴道上，蕭秋水把封十五打下山澗，仍默立了好一陣子，原來是隨風仔細的聆聽，從封十五墮崖的訊息來辨識來人的意圖。

「不過，要我們打前鋒的，也絕不是我們的朋友。」蕭秋水冷然道。

這時來到幾處，瓦舍幾楹，很有山水畫的意境。嶺上還有群仙廟，建築清麗，真令人感歎其建築材料是怎麼運上山來的。

但是到了一處：只見迎面飛來一道白鍊，如萬丈銀河，瀉入深谷，若似靜止一般，不聞其聲。這刻情景，如圖畫裡萬壑千谷，壁上一道飛瀑，雲煙處茅舍幾間，小橋一抹，畫意詩情。

四人看得怔忡。蕭秋水忽向劉友問：

「就葬此處了，劉女俠您看……」

潮陽劉友憮然道：

「好。」

蕭秋水橫抱阿水，走入瀑下碧綠的深潭中。如此一步一步下去，寒沁也愈漸甚深。直到沒頂，蕭秋水一沈即起，阿水已然不見。蕭秋水喃喃地向周遭蒼葱的綠茵滿壁道：

「就葬在這裡罷……」

此時風至，瀑布半途忽然如花雨散開，沒有直接垂下來，而變成霧雨，灑落在水邊哀悼的三人。瘋女把手往臉上一抹，也不知是雨是水還是淚。

蕭秋水此時卻想唐方有一種暗器，叫「雨霧」……他沐在瀑布下，心中的哀傷如同那置放的屍身，沈入潭底……而心頭的志向，卻如紛飛白瀑、散飛如雨……

蕭秋水在泉水中閉目。乍然張目，只見雲上又一排石壁，若巉若削，壁中有一裂縫，直如引繩，鑿石爲梯，高入天庭。

在這一片幾百丈刀削般的絕壁半腰上，用鐵索掛著一巨大的鐵犁，便是傳說中太上老君所用的開拓華山之犁。

這就是著名的天險「老君犁溝」。

在陽光下，這尖壁上有一道人影。

蕭秋水緩緩走出了水潭。他雖不知這人是誰，但卻直覺到，這必是他第三次決鬥……

背著閃灼的陽光，那人的黑影碩大無朋……

那人手上也有一張犁，卻舉重若輕。

那人就在這「老君犁溝」的棧道上，充滿了必殺的信心。

背後的山影猶如幢幢魔影：一夫當道，萬夫莫開……

可是他看見蕭秋水慢慢拾級而上；從眼中間望過去，蕭秋水渺小的人影，愈來愈大，就在距離他還有十一個磴階之遙，止住。

那人忽然望見了自己的鼻尖佈滿細微的汗珠。

「你是蕭秋水？」

那人用他一貫傲慢的聲音問，就像問一個後輩小子。可是這對蕭秋水沒有生效，他沒有答。

於是那人幾乎用憤恨的聲音報出自己的姓名：

「我就是費逸皇，」看到蕭秋水還是沒有什麼動靜，他喊道：

「我派去的人呢？」

「他們暗算我，」這次蕭秋水答了：「已經給我殺了。」

費逸皇幾乎不敢相信他自己的耳朵。

費井樹的三個怪物——費逸皇常這樣叫，因對這脈「外嫁女」的歧視——回來報說蕭秋水居然在終南山殺了費丹楓，已夠令他不信，而今蕭秋水居然搶得過「天井」，殺得了……!?

費逸皇卻無法不相信自己的眼睛。

蕭秋水的確是穿過了百尺峽與千尺幢，上到「老君犁溝」來了，而且就在自己的眼前。

他怒極。可是他很快地抑止了自己的憤怒。

他當然已經看得出來：在這青年面前憤怒莫抑，只有速死一途而已。

他畢竟是費漁樵手下第一人。

所以他反笑，拔出了一根竹筒，厲笑道：

「你知道這是什麼？」

蕭秋水當然不知道。

費逸皇也當然會說下去。

「這是信號。你殺了我兒子，我一燃引信，峰上的人便殺光你的朋友，哈哈哈……」

他大笑，卻姿態不動，眼睛全無笑意，只要蕭秋水也躁急稍動，上來搶爆筒，他就即可借此有利形勢，一舉擊殺蕭秋水。

可是蕭秋水沒有動，因爲他自水中上來，經陽光一曬，使他身上昇起蒸騰的白煙，令人看不清楚。

於是他決定燃起了竹筒。

這地方群峰如劍，天絕地險，是有名的地方，就叫做「猢猻愁」。

火花一旦放上去，輕功再好的人也無法飛身去擷。

——除非蕭秋水不關心梁斗等人死活。否則一定得分心。心意一亂，即置死地，如果蕭秋水不關心，便不必來華山硬闖了。

——就算蕭秋水不爲所動，但先把梁斗等誅殺，以防萬一，而且無疑給蕭秋水心理上一個重擊，也是好的。

費逸皇作如此想。

蕭秋水勒然未動。

但火花忽斂；原來蕭秋水背陡張出二面小網，撒向半空，一左一右，收入竹筒，抽了回來。

原來蕭秋水背後有人！

也不知怎的，費逸皇的心神，像給蕭秋水的氣勢吸收過去似的，而且他自磴道一直延蔓上來，角度剛好遮去了藏在蕭秋水背後的人物。

而在蕭秋水背後一直匿伏著三人，一字成行的拾級而上，且沒讓費逸皇發現。

其中兩人在蕭秋水背後說：「不要怕他燃起信號；」「我們有辦法。」

——所以蕭秋水才不急的，才不動的。

這兩人當其時打開其中一個麻袋，即放出小網，套住竹筒，收了回來，費逸皇的訊息，費家的人是收不到的了。

這兩人是裘無意座下的高手——丐幫的有袋弟子，向來都有很多出人意表的法寶與絕技的。

蕭秋水就在此時衝了上去。

風勢向下，極厲，故此陳、秦二人向蕭秋水低聲說的話，位居其上的費逸皇絲毫聽不見。

但上衝之勢因此而稍慢。

這一慢正在費逸皇因竹筒被網心神震動時。

兩人所處地利在這瞬間恰好扯平。

蕭秋水衝上，揮劍，費逸皇一犁劈下。

「噹」的一聲，星火四濺，連太陽烏金亦爲之失色。

陽光本來照在蕭秋水的臉上，蕭秋水要瞇起眼睛，才隱約可以見敵。

但星火四濺的一刻，兩人皆目不能視物。

這下又恰好把天時之利扯平。

蕭秋水就在目不能視的這一瞬間，以原來認準地形的直覺，閃身而上。

他間不容髮地在費逸皇揮舞犁鋤的縫隙穿了過去。

費逸皇再睜目時，只見下面石磴是三個陌生人。

蕭秋水已不見！

糟糕！費逸皇猛回身，山嵐撲臉，陽光耀眼，費逸皇用臂遮眼，就在這刹那間，他看到了蕭秋水就在自己上面。

也在同時間，蕭秋水猛蹲身，費逸皇只覺金陽亂舞，而「嗤」的一聲，蕭秋水的劍自下脅刺入他胸裡！

他狂嘶，一犁擊下！

這一下開山劈石，勢無可匹！

蕭秋水斜飛，落於山壁所謂半個足尖的「鷂子翻身」之處，貼壁穩住。（在此石壁懸有一鐵軛，鑿有石孔，傳爲老君掛犁，乃由太上老君騎青牛附會而成，謂觸此鐵犁者，可獲莫大幸運也，但歷經萬難始獲幸福之寓意卻是甚好。只容半足之石孔，乃供人攀登之途徑。）

費逸皇揮犁亂舞，追上數尺，卻倏失蕭秋水蹤影。亂揮數十下，眼前一片金星，鐵犁飛脫，落入澗中。

費逸皇搖搖欲墜，蕭秋水飄然而下，「刷」地抽回他體內的長劍，鮮血乍然狂噴，蕭秋水輕輕歎道：「你去罷。」

費逸皇想說話，卻噴出一口血箭，終於錯踏一步，呼——地墜落到萬丈深崖去。

這時陽光罩在秦風八等人的臉上，只見蕭秋水高大黑沈的身影，配合著遠處背景聳峙如魔峰的巒嶂，臉目甚不清楚，只傳來了一聲低沈的語音：

「這是第三關。」

拾伍　沒有臉目的人

華山北峰即爲雲台峰，東西皆絕壁，峰頂有北極閣，既雄麗，又秀美。真是天蒼地茫，霧雲飛散，群山盡失，好似到了絕境。

北峰上，沒有人的蹤跡。

蕭秋水從費逸皇要放煙火向「山峰上」的人示意誅殺梁斗等人斷定被擄的人必在華山五峰上，可是究竟在哪一峰呢？

北峰沒有，即赴中峰。

北峰以南，有嶺中間突起，形同魚脊，謂之蒼龍嶺。嶺左鑿有小道，闊不及尺，下臨絕壑，深不可測，行人至此，緩扶壁過，耳可觸石，故名「擦耳崖」。

如果在這隘道上埋有伏兵……

沒有伏兵。

卻有血跡。

斑斑的血跡，令人怵目驚心；但沒有屍體。

屍首必在格鬥後給扔落山澗。

——是誰先來過？

蕭秋水等人越山脊而上，兩崖深不見底，凡險峻處，如身置太空，肝搖膽撼，即名「閻王碥」，乃華山絕險之地，行人視爲生死關頭。在這綿亙三里的「蒼龍嶺」中，孤壁絕懸，非莫大勇氣無法前行。

蕭秋水等雖藝高膽大，但見此天險，也不禁人豪莫如天之豪。

蒼龍嶺龍脊山脈之盡處，乃最高處，倘再前進，但從崖下折身反度，亦稱「龍口」。龍口之上，有峰「五霄」，即爲中峰。再上爲「余鎮關」，關額題曰「通天門」，杜子美詩所謂「箭指通天有一門」，即指此門。

相傳當年韓退之登此「龍口」，道途未闢，陡險更難，並此而豪氣盡，在「龍口」逸神原處，刻有「韓退之投書所」，而韓昌黎也有詩云：「悔狂已咋非，垂戒仍鐫路」。在這婉蜒如龍，石色正黑，鎭守東、西、中、南峰四崖的金鎖關上，緩緩走下兩個人。

兩個頭戴籔簷，身著華衣，腰繫金蘭袋的兩個人，自上而下，和寂無聲地走來。

就像兩個幽靈般的人。

到了此時，費家的高手可謂傷亡過半，這走下來的一男一女，卻又是誰？

這兩人從魚脊般的山坡上走下來，且無風自動，衣袂捲起。

秦風八和陳見鬼都要衝上前去，蕭秋水攔住，大聲道：

「在下蕭秋水，來意是找回我的兄弟朋友，請兩位前輩示予明路。」

那男子陰陰地道：「你能來得了這裡，想必已過了三關。武功必然了得……」

那女子幽幽地道：「你跟上官望一族，多少都有些關係罷？」

蕭秋水一怔：上官望族？蕭秋水不能理解，他只知道「慕容、上官、費」是武林中三大奇門，至於上官族跟費家有什麼瓜葛，他可不曉得。

但是陳見鬼知道。陳、秦兩人對武林掌故，似比他們的武功更要高明一些。

他立即悄聲告訴蕭秋水：「上官族的族長就是上官望；據說昔年費家之所以與慕容家爲敵，就是爲了上官望。結果上官望出賣了他們……以致費家孤立無援，節節落敗。」

秦風八也道：「這兩人很可能就是費家的『亡命鴛鴦』，費漁樵次子費士理和其妻皇甫璇。」

只聽那男的森然道：「不錯，就是我們兩個。」

那女的黯然道：「我們都是沒有臉的人。」

他們說著，各反手一拳打飛自己頭上的竹笠。

笠飛去，出現在蕭秋水等人面前的，是令人顫慄的情境。

這兩個人，臉上一片模糊，竟全無臉目。

——兩個穿華衣，但失去了五官的人！

連藝高膽大的秦風八、陳見鬼都驚得不由自主，往後退去。

「不錯，我們是沒有臉目的人。」

「我們要候到手刃仇人，才能恢復臉目！」

烏雲密集，湧蓋捲積。這兩人在嘿嘿笑聲中，長空飛來，一人執薙刀，一人持眉尖刀，飛斬過來。

蕭秋水的心亦如烏雲蓋湧，起伏不已：怎會有人真的沒了臉目！

……就在這一遲疑與猶慮間，先勢盡失，兩柄長刀，比風雲還要密集，飛捲蕭秋水。

蕭秋水立即穩若大樹，無論對方兩柄刀如風雨交加，他仍舊老樹盤根，不爲所動。

吆喝連聲，這一對夫婦，華衣飛閃、出盡渾身解數，搶攻蕭秋水。

如果蕭秋水此時反攻回去，在這雷電風雨的刀法下，只怕很難有活命之機——但蕭秋水一開始就用守勢，抱定決心：「等」。

在他還沒有完全摸清這對夫婦的攻勢時，「死守」是一種最好的應對方法。

蕭秋水專心全意，發揮著鐵騎、銀瓶的武當劍法，這跟藍放晴與白丹書的疾迅倏忽劍法，又大相異趣——它只是用最少的精力，最少的身法，卻以「黏」、「帶」、「袪」、「封」等字訣，借力打力，使敵人為之筋疲力盡。

此刻費士理、皇甫璇就有這種感覺。

而且愈戰下去，這種感覺愈深。

「亡命鴛鴦」簡直已氣喘如牛。

但他們也立即改變戰略，一陣快刀後，忽以寬袖一遮臉孔。

蕭秋水依然鎮定以劍招化解來勢。

他們袖子一揶，張口一噴，只見一團火和一道黑水，直射蕭秋水。

就算蕭秋水退避，也來不及；撲前去，則只有送死——就在這時，蕭秋水不見了。

費士理夫婦只覺眼前一空：蕭秋水已不見。

就在這一愣之際，「呼」地一聲，蕭秋水雙腳鉤住岩石邊緣，又整個人「盪」了回來。

費士理、皇甫璇急忙伸手入腰畔的金蘭袋中去。

且不管他們所拏出的是什麼兵器和暗器，蕭秋水已不給他們第二次機會。

他雙掌拍出，正是「殘金碎玉掌」，這閃電般的一擊，在兩人未將手掏出袋子之前，已按在他們額頂上——

可是沒有拍下去。

然後蕭秋水一個觔斗，翻落在丈外，飄然落地，抱拳道：

「承讓……」

費士理、皇甫璇二人「幸而」沒有臉目，否則一定是臉色極爲難看……對方以一人之力，擊敗了他們兩人。

又過了好一會，天微微下著小雨，費士理才澀聲道：「你……你究竟是誰？」

蕭秋水不想多造殺戮，所以仍然恭敬地道：「晚輩蕭秋水。」

皇甫璇仍然驚疑地道：「你……真的不是上官族的人麼？……那……那你又來此

做什麼？……」

蕭秋水情知事有蹊蹺，於是道：「在下跟上官一族，素不相識。在下來此，不過是因好友兄弟，全爲你們費家的人所擄，所以上華山來討人……可是沿路上都遇到截殺，在下不得已爲求自保，搏殺多人……」

費士理聽到此處，長歎一聲，向他的妻子痛忱地道：「錯了！錯了！這次老爺子錯了！既要對付上官族的人，何苦又惹蕭秋水！」

皇甫璇淒婉地說：「老爺要激蕭……蕭大俠出來，是爲了『天下英雄令』，有了這面權杖，朱大天王才會幫助我們，恢復家聲，並且對付上官族的人……」

費士理悲聲吭道，「現在對付個屁！舊讎未雪，卻又惹強仇，反讓人乘虛而入……事已至此，朱大天王又哪裡有半分支援！靠人打仗要失敗，靠人吃飯是混帳！爹！你怎麼這般糊塗呀！我們已錯了一次，還不夠嗎!?……」

皇甫璇扯著她丈夫的衣袖也哭道，「天——費家的災難，怎麼沒完沒了……!?」

這可把蕭秋水、秦風八、陳見鬼、瘋女都愣立當堂，不知這對「沒有臉目」的夫婦，在搞什麼玩意，總之讓四人如同丈八金剛、摸不著腦袋。

蕭秋水懇切地道：「兩位……我們真的不是上官望族的人……這究竟是怎麼一回事呢？」

費士理毅然又堅決地，向他同樣沒有臉孔的妻子說：

「……上官族的人定必到來趕盡殺絕，又何必再害人？我們不必守在這裡，讓爹一個死守東峰。」

他妻子淒然點頭。費士理向蕭秋水道：「你的朋友就被困在南峰老君廟中……」他拿了一大串鎖匙，道：

「因有敵來犯，該處已無人把守，你們自個兒進去，……我已經毀掉那兒的機關，救人無礙……」

蕭秋水接過鎖匙，其他人都很欣然。但心裡又被這對「沒有臉目」的人之傷情所吸引著。

「究竟是爲了什麼？……」

「費家與上官族有什麼過節……？」

他們七嘴八舌地說。蕭秋水誠懇的問道：

「這釋友之恩，秋水銘感五中。但無功不受祿，我等一路上山，都發覺有人跟蹤，似是與費家爲敵。……」

話未說完，費士理悸然疾道：

「是不是五個身著不同顏色，頭戴竹笠的人？」

「是。」

只見費氏夫婦兩人身形為之搖晃，蹭蹭蹭退了三步，對視嘶聲道：

「他們來了！」

「爹危險！」

便急欲掠出，蕭秋水作勢一攔，費氏夫婦把身形一凝，目光甚有敵意。蕭秋水說：

「究竟怎麼一回事……？兩位對我有釋友之恩，請告訴在下，或可盡微薄之力。」

夫婦倆對一眼、兩人卻見識過蕭秋水的功夫，皇甫璇顫聲問：

「你……你願相助我們？」

蕭秋水斷然道：「那要看我們的朋友是否無恙。」

皇甫璇急道，「無恙，無恙……老爹擒他們，只是要逼你出來，旨在『天下英雄令』……絕對沒有傷害他們。」

費士理歎一聲，道：「諸位，我夫婦倆之所以沒有臉孔，不是天生如此，而是易容之術……」

蕭秋水頷首道：「我看得出來。可卻是為了什麼？」

費士理道：「只因我倆可恥大辱未雪，血海深仇未報，便誓不與真臉目見人。因望將功贖罪，使到費家更勢孤力單，才不敢求一死。」

皇甫璇道：「這真是血海深仇……」

費士理道：「如俠士肯相助，我則盡情相告。二十年前，祖父費仇為慕客世情所敗，黯然西返，即專心訓練門人，望我爹爹……就是外號人稱『一線牽』費漁樵能重振家聲。我爹費盡心機，將篡奪家產的伯父……費晴天……毒殺後，聯合全家，那時我家聲勢如日之中天。……那卻是上官族面臨被唐家滅族的時候……」

費士理聲音裡無限感慨：

「那時是上官望一族為唐門所迫，搏殺過半，上官家高手，只剩下『四小絕』，即是上官望、上官予、上官景龍及上官泰山四人…那時他們來投靠我們，說是兩家聯合，求費家助他們一臂之力，始不為唐門所滅，那時候是上官望族長親自來求，我為之心動，所以與阿璇一齊去懇求爹答應的……卻不料……！」

費士理悲吭地說著，皇甫璇也激動得全身抖哆著：

「我們把上官家滅族之危，挽救過來了，卻也得罪了唐門的人，……所以在武林十年一度世家爭奪賽當時，唐門專以第一高手唐堯舜出手，擊敗家父…而上官族此時已投靠『權力幫』，趁費家人心大沮之時，撬牆挖角，騙走了我們不少人，……待我們發覺時，已很遲了，上官望還帶人施殺手……那時『四小絕』已成了武林中的『四大絕』了……殺了我們七、八名重要高手，然後才揚長而去……」

費士理激動得全身顫抖：

「於是費家又一蹶不振，而上官望人臉獸心，不斷前來騷擾我們。他們有權力幫撐腰，更有恃無恐……我們不得已，只好投靠朱大天王，以求自保，這樣卻又得罪了權力幫，唆使上官族速滅我家。……這才引起了奪『天下英雄令』之心，望得此令便可號令群雄來援，卻不料又因而得罪了少俠，成了朱大天王的利用品與犧牲物。……」

蕭秋水感喟地歎道：

「哦，原來是這樣的，那我們也受了上官族的利用，來作前鋒，破了你們所設的陣勢……」

「便就是這樣：而上官望得乘而入，全因我們夫婦推薦；所以我們恨絕了他。」

費士理悲憤莫已：

「我們自知是費家罪人，罪孽深重，不望宥諒，只求留得殘生，手刃上官望……而我們在費家中，亦無臉目做人，所以把膜皮蒙在臉上，不再以真臉目示人；實無顏對天地、父母、友朋……」

皇甫璇悲聲道，「但家裡也不見諒。……所以我夫婦倆地位盡失，從此家人不屑與我夫婦說話，並起了疑心，這一次固守華山……僅把鎮守俘虜一責，交予我們而已。……」

費士理截叱道：「那是應該的！誰再願意相信我們？誰肯信任我們？……我們作了對不起費家的事，卻死留不走，因知費家雖然看來人情冷漠，但亟需要人手，我們生爲費家人，死爲費家鬼……我們不能走！」

蕭秋水感喟地道：「能有賢伉儷這等將功贖罪，死守不走的心意，確屬難得！舉世天下，富貴近之，貧賤去之，說不定這老羞成怒，返回頭咬一口，洋洋自得，可恨至極！……單爲兩位悲慘遭逢，蕭秋水願盡綿力，助兩位以報此深讎！」

費氏夫婦大喜過望。費士理喜道：「那少俠是先救貴友，還是……？」

蕭秋水疾問：

「令尊而今身在何處？」

皇甫璇搶著回答：

「就在華山東峰『博台』。」

蕭秋水仰望天色，負手搖晃著鎖匙。

「那五人想必已趕過頭去，救人如救火，非急不可，我們先去看令尊大人再說！」

拾陸　二胡、琴與笛

「博台」又名「棋亭」，傳說是宋代趙匡胤和陳博老奕棋處。趙匡胤大敗，將華山輸給了博老祖。至今亭內鐵鑄的殘局猶在。在這鐵鑄高二尺餘方亭內，有一面鐵棋坪，鐵棋子二百餘顆，但多爲人所取去，尚存數子，圓徑逾寸。

另一傳說是秦昭王令工施鈎梯上華山，以松柏之心爲博箭，長八尺，棋長八寸，而勒之曰，王與天神博於此，故謂爲衛叔卿之「博台」。

華山一帶，有陳傳老祖傳說甚多，如「十字院」與「雪台觀」，便傳爲老祖隱居之地，常一眠數月不起，及聞趙匡胤陳橋嗣位，遂告人曰：「天下從此定矣。」

然則天下是不是真的就「從此定」了呢？

東峰（朝陽峰）、西峰、南峰鼎足而立，是爲天外三峰，中峰、北峰則俯瞰如培塿，不能並孋。

朝陽峰氣象萬千，氣勢挺拔，真是清山秀水，昂然於天地之間。

華山誌上有云，往老君犁溝要「斂神一志，捫索以登，切忌亂談遊說，萬一神悸手鬆，墜不測矣。」但往東峰下棋亭，更爲凶險。

至棋亭處雖由東南隅懸崖，兩手攀鐵鎖，垂直而下，至崖石稍微凹處，立足翻身，捫崖腹而過。時鐵鎖斜橫，其下鑿孔，僅容半趾，以手攀鎖，須移數十步，稍一不慎，即粉身碎骨，是名「鷂子翻身」。

「鷂子翻身」之後，崖腹盡處，尙有鐵鎖一條，但懸空攀鎖蹈孔，在亂草滑石間，度過兩座山峰，才到「博台」；可謂歷盡艱辛，險上加險。

蕭秋水、費士理、皇甫璇、秦風八、陳見鬼、瘋女等一行六人，匆匆趕到了「鷂子翻身」之處。因知「前路險惡」，費士理深諳山勢，故說：

「我先過去。」

當下迅如猴猿，攀爬過去，皇甫璇則道：

「我殿後。」

六人中以蕭秋水武功最高，即隨費士理之後過去。

這時山嵐虎虎，雲霧籠罩，時見山不見頂，岩山濕冷。只見遊霧紛紛而過，有時清時晦，連藝高膽大的蕭秋水，也不覺有些呼吸急促起來。

在。

費士理在前邊攀爬，一陣濃霧飄來，恰巧翻身迫入了另一凹壁，蕭秋水頓失其所

就在這時，沒頭沒腦的半空間，忽聞衣袂之聲，原來是飄落了三道人影。

衣影飄飄，而且腳底如有磁性而岩壁如似鐵鑄一般，竟斜飄而黏於壁上，蕭秋水心頭一凜，以爲是上官族的高手，又乍以爲是費家的暗算，就在這時，忽聞一聲清穆的琴韻：

然後是悠遠的笛聲，之後是幽傷的二胡韻律！

「是你們！」

這在蕭秋水闖蕩江湖一生中的，不斷神奇地出現又不斷神祕地消失的三個人。

三個人，三種樂器，曾啓發他三種不同的境界、不同的考驗！

——二胡、笛子、琴。

這三個人每一次出現，武功一次比一次高，而蕭秋水的武功與心境，也是一次比一次拔高；上一次他們出現的時候，就是唐方出現的時候……

笛聲更爲悠揚，好像在車馬蹄聲寂寥裡，有個少女在青石板的臨街圓窗後思量……唐方！

蕭秋水頓忘了攀索，失聲叫喚：

「唐方！」

他的語音充滿了切盼。他的眼眶如霧樣潮濕。唐方，唐方……妳該來了，唐方。

就在這時，「嗖嗖嗖」，三柄快利的劍，如同前次一般，凝在蕭秋水的咽喉上！

「還是一樣，」白衣年青的溫艷陽冷峻地道：「你一想唐方，就方寸大亂，不能作戰。」

「再要是這樣，」黃衣女子江秀音道：「你不但不能做一個劍客，而且也失去了當殺手的資格。」

「做劍客和殺手都是無情的；」黑袍的登雕樑說：「否則只有天下人負你，而你不敢負天下人。」

「你們是誰？」蕭秋水的情緒還在唐方的幻失裡，「你們……究竟是誰？」

蕭秋水的脖子上已炸起了一輕輕雞皮疙瘩，那三柄劍比山中泉水猶寒。

那三人望視一眼，灑然緩緩抽回了劍。

「你們是誰？」

「你們究竟是誰？」

蕭秋水禁不住加問了一句：

「唐方究竟在哪裡？」

陳見鬼、秦風八、劉友、皇甫璇等都聽到了蕭秋水聲聲的厲問。

白霧茫茫中，他們卻什麼也看不見。

他們想翻過山壁去，但一股凌厲的劍氣……不，也許是沛然的天地之氣，隔斷了他們前進的勇氣，粉碎了他們趨前的步伐。

這種精氣之無所不在及凌厲，爲眾人平生首遇。

費士理在前頭，也是同樣，他想回頭救援，但衝不破那無形的勁氣。

就在前後兩方都在躊躇急歎之際，那三人慢慢地與濃霧混在一起，變成忽隱忽現：

「你們不要走！」

蕭秋水揮劍怒斬厲問：

「唐方呢？」

——琴聲、笛聲、二胡聲依舊。

只是人世間一切，都如白雲蒼狗。人世一切，都是易變的，好像這些來來去去的悸霧，隨手抓一把，都是沒有實質的。蕭秋水青、少年時期的戰役、弟兄、地方、故事，無一不歷歷在眼前。那「聽雨樓」前，水蓊花樹下的跟友朋練武，要澄清天下的一群歃血爲盟立定大志，死裡逃生的九龍奔江前之格鬥，初遇唐方時那美麗溫柔的夜晚……

此刻上不見天，下不到地，所觸的只有岩壁，四周都是迷濛……

上不到天，下不到地。

蕭蕭劍氣。

蕭秋水豁了出去。他劍氣縱橫，掌吐八方，在閃滅、迅奇、飄忽的樂音與劍法間穿梭。

——他反正已無天無地，長空間只剩下了個自己。

他竭盡所能地發揮了武術的淋漓盡致。

萬古雲霄一鴻毛。他只是一個仗劍的決鬥者，要完成他的生命，要突破他眼前的一切阻撓。

衣袂飛飄，韻樂遊走。忽而三柄劍一齊壓住他的劍身。

二胡、笛子、琴，卻一齊向他遞襲而來。

背後是堅實的岩壁，上不通天，下不抵地……蕭秋水想出掌，但對方是樂器，不是兵器呀……

——什麼兵器樂器，都是一樣！

他一掌拍出，打碎了三件樂器。

——音樂倏止。

闃寂山崖上，猶如傳來樂聲陡止的悠悠娓娓餘韻。

只聽溫艷陽清叱道：

「好！」

江秀音清脆的語音道：

「若問我們是誰，且待下次見面。」

登雕樑說聲道：

「我們走！」

這三個字一響起，只見一黑、一黃、一白，三道人影，在山崖間斜掠而上，瞬間消失不見。

蕭秋水兀自怔忡。

……樂韻似未盡消……

當皇甫璇等可以踱得過這一片岩崖時，蕭秋水已「鷂子翻身」，到了對崖。

費士理急得滿頭大汗，扶住了他，正要問個究竟，只見蕭秋水臉色一片白，眼色奇異但深不見底，反而先問了費士理一句話：

「在哪裡？」

「什麼在哪裡？」費士理一時沒有聽懂。

「棋亭。」

「哦，就在前邊。」

「好，到前邊去。」

蕭秋水望著費士理那沒有五官、五官要等待復仇後才能再次掀現的臉，這樣地說下了這句話。

——究竟發生了什麼事情？

費士理心中嘀咕著：

——難道就在適才，崖那邊發生了什麼令蕭秋水再世爲人的事情？

初稿於只好抱持對大勢之無法挽回，「人亡我，非戰之罪」這悲傷想法之時期（一九八〇年三月九日）

重校於一九八五年中

自大馬參加「全國現代文學會議」返港後

三校於一九九三年七月十六日

商報將刊出訪問消息，並開始連載「朝天一棍」／王春桂女史來函約稿可感／陝西版權代理公司沙慶超邀代理「六人幫」、「刀叢」、「箭」、「七大寇」等之版權／廣州讀者李繼崇來信／方正式遷入健威／台出入更便／南方利息至

修訪於一九九七年十二月二十二日
維青自台來澳會面／晴先接待並
說合作事／梁何方與林先生會集
於不夜天談公事聊私事，融洽／
溫瑞安、林維青、方娥真、梁應
鐘、何家和、陳新鴻、孫益華、
鄒家禮濠江會聚，出版港敦煌「追
殺」、「亡命」、「妖紅」、「慘
綠」／譚春燕惜劍缺席／帶林陳下
賭場走一趟／用餐於澳姐／約好付
款合作事項／送林兄、陳弟到機場
（首赴）／葉到珠海接能／孫提出
「壹」兇案幕後「黑手」／溫方何
梁禮孫聚於葡京，送青霞、寂然請
客才分手

《闖蕩江湖》完

請續看《神州無敵》

【武俠經典新版】

神州奇俠（卷五）闖蕩江湖

作者：溫瑞安
發行人：陳曉林
出版所：風雲時代出版股份有限公司
地址：10576台北市民生東路五段178號7樓之3
電話：(02) 2756-0949
傳真：(02) 2765-3799
執行主編：劉宇青
美術設計：許惠芳
業務總監：張瑋鳳
初版日期：2024年4月新版一刷
版權授權：溫瑞安
ISBN：978-626-7369-54-8
風雲書網：http://www.eastbooks.com.tw
官方部落格：http://eastbooks.pixnet.net/blog
Facebook：http://www.facebook.com/h7560949
E-mail：h7560949@ms15.hinet.net
劃撥帳號：12043291
戶名：風雲時代出版股份有限公司
風雲發行所：33373桃園市龜山區公西村2鄰復興街304巷96號
電話：(03) 318-1378
傳真：(03) 318-1378
法律顧問：永然法律事務所 李永然律師
　　　　　北辰著作權事務所 蕭雄淋律師
行政院新聞局局版台業字第3595號 營利事業統一編號22759935

定價：320元

國家圖書館出版品預行編目資料

神州奇俠／溫瑞安 著. -- 臺北市：風雲時代出版股份有限公司,，2024.01-　冊；公分
武俠經典新版
ISBN 978-626-7369-54-8（第5冊：平裝）
1.武俠小說
857.9　　112019839